섣달 그믐날 밤에 짓다

除夜作

객사의 차가운 등불 아래 나 홀로 잠 못 이루니
나그네 마음은 무슨 일로 처량해지는 것일까
고향에선 오늘 밤 천 리 밖의 나를 생각하고
흰 귀밑머리는 내일 아침 또 한 살을 더하겠지

旅館寒燈獨不眠, 客心何事轉凄然
故鄕今夜思千里, 霜鬢明朝又一年

Fantastic Oriental Heroes

흑풍백풍

흑풍백풍 5
청우 新무협 판타지 소설

초판 1쇄 찍은 날 § 2004년 12월 3일
초판 1쇄 펴낸 날 § 2004년 12월 13일

지은이 § 청우
펴낸이 § 서경석

편집장 § 문혜영
편집 § 장상수 · 김희정 · 유경화
마케팅 § 정필 · 강양원 · 이선구 · 홍현경

펴낸곳 § 도서출판 청어람
등록번호 § 제1081-1-89호
등록일자 § 1999. 5. 31
어람번호 § 제2-0482호

주소 § 경기도 부천시 원미구 심곡1동 350-1 남성B/D 3F (우) 420-011
전화 § 032-656-4452   팩스 § 032-656-4453
http://www.chungeoram.com
E-mail § eoram99@chollian.net

ⓒ 청우, 2004

ISBN 89-5831-329-3 04810
ISBN 89-5831-203-3 (세트)

청우 新무협 판타지 소설

5
완결

Fantastic Oriental Heroes

흑풍백풍

도서출판
청어람

【목차】

제1장

돌아오지 않는 시간

1

종남파의 장문인인 추명은창 곽재의는 종남파 내에서는 물론, 무림에서도 명성 높은 괴짜였다.

그의 엉뚱함은 검으로 일가를 이룬 종남파에서 창을 든 것에서부터 시작되었다. 게다가 그 창으로 종남파의 장문인이 되어 무림을 들썩이게 만들었었다.

하지만 무엇보다 그를 괴짜의 반열에 올려놓은 건 지칠 줄 모르는 승부에 대한 집념이었다.

고수를 보면 비무를 하고 싶은 것이야 모든 무림인의 욕망이겠지만 그는 단지 비무를 하는 것에서 멈추지 않았다. 그의 신조는 '반드시 이길 때까지!'였다.

자신이 패하면 패한 원인을 분석하고, 승리할 비책을 마련한 후 재

도전했다. 또 패하면 다시 연구하고, 다시 수련하고, 그리고 또다시 도
전했다. 몇 년이 걸려도 상관없었다. 자신이 승리할 때까지 멈추지 않
고 도전했다.

그중 가장 유명한 것이 젊은 시절 폭우도 장승풍과 벌인 팔 년간의
승부였다.

당시 장승풍은 풍뢰도법으로 혁혁한 명성을 떨치고 있는 고수였고,
곽재의는 종남파의 촉망받는 후기지수 중 한 명이었다.

첫 비무의 승리는 당연히 장승풍의 몫이었다. 곽재의는 일 년간의
맹렬한 수련을 거쳐 장승풍에게 재도전했고, 또 패했다. 다시 일 년 후
에 도전했고 역시 패했다. 그렇게 팔 년간 비무를 하는 사이 두 사람
사이에는 승부를 뛰어넘는 끈끈한 우정이 생겨났다.

장승풍이 천도문을 설립할 때도 곽재의는 물심양면으로 도움을 주
었다. 만약 곽재의가 종남파의 차기 장문인으로 지명되지 않았다면 그
도 천도문의 일원이 되었을 것이다.

하지만 그는 종남파의 장문인이란 자리에 발목이 잡히고 말았다.

장문인이란 직위의 명예나 사문의 기대 때문만은 아니었다. 그를 잡
은 건 장문인에게만 전수되는 건곤미허신공(乾坤迷虛神功)이었다.

건곤미허신공은 절정고수였던 그를 초절정고수의 반열에 오르게 만
들었고, 더 이상은 장승풍도 그의 적수가 되지 못했다. 구대문파의 저
력이란 바로 그런 것이었다.

천도문의 내분에 속 앓이를 하던 곽재의에게 장천의 승리는 무엇보
다 기쁜 소식이었다. 하늘에 있는 지기가 이제야 편안하게 눈을 감을
수 있을 것이란 생각에 목이 메어올 정도였다.

그런 장천이 종남파를 찾아왔으니 그는 하던 일도 멈춘 채 단걸음에 그를 맞으러 달려나갔다.

장천은 예전의 유약한 모습은 간데없이 자신만만한 모습으로 종남파의 내전에 당당히 서 있었다.

"오, 천아! 네가 왔구나. 아니, 이젠 장 장문인으로 불러야겠구나. 허허허!"

"곽 장문인께서도 그간 별개무량하셨습니까?"

"산속에 처박혀 있는 이 늙은이가 일이 있을 게 뭐 있겠느냐? 너야 말로 그동안 고생이 많았다. 아무런 도움도 주지 못해 마음이 무거웠는데… 너의 의젓한 모습을 보니 내가 괜한 걱정을 하고 있었던 모양이다. 허허허!"

"그렇게 마음을 써주셨다니 감사할 따름입니다."

장천의 무미건조한 말투도 곽재의에게는 오히려 의젓함으로 보여졌다. 원래 생사를 건 혈투를 치르고 나면 무인으로 한 단계 성장하는 법이니까.

아비의 죽음에 정신까지 놓았던 예전의 모습은 흔적도 없이 사라진 장천의 의연한 모습에 곽재의는 마냥 흐뭇했다.

"번 사제와 동 사제도 함께 왔으면 좋았을걸?"

"천도문이 아직은 안정되지 않은 상태라 두 숙부님이 수고를 하고 계십니다."

"으음… 그렇겠지. 호안조를 따르던 자들도 적지 않았으니 당분간은 좀 혼란이 있겠구나."

곽재의는 그제야 장천의 뒤편에 서 있는 십여 명의 무사들을 주목했다.

천도문과 적지 않은 친분을 가지고 있는 그에게도 모두 낯선 얼굴들이었다. 게다가 그들에게선 아무런 진기도 느껴지지 않았다.

그들이 무공을 전혀 익히지 않은 게 아니라면 이미 내공을 안으로 갈무리할 정도의 고수들이란 의미였다.

'천도문에 언제 저런 고수들이 생겨난 거지?'

장천을 위해 장승풍이 안배해 놓은 고수라고 생각할 수도 있지만 천도문에 그런 힘이 있는지는 의문이었다.

고수란 하루 이틀에 길러지는 것이 아니다. 더욱이 천도문의 짧은 역사를 생각하면 아직은 천도사절을 뛰어넘는 고수들이 탄생하기 어려운 것이 현실이었다.

하지만 장천과 동행한 십여 명의 무사들은 결코 천도사절에 비해 뒤떨어져 보이지 않는 고수들이었다.

당연한 것이 그들은 혈참마대 소속의 고수들이었다. 천도문과의 혈전에 예상보다 많은 인원을 잃긴 했지만 그래도 그들은 여전히 마교의 정예 부대였다.

그들이 곽재의의 의심을 예상하면서도 철저하게 내공을 갈무리한 것은 혹시라도 사도무공의 기운을 눈치 챌 수도 있기 때문이다.

하지만 그들이 내공을 숨긴 것이 오히려 예리한 곽재의의 의심을 사고 말았다. 곽재의의 의심을 눈치 챈 장천이 태연히 말했다.

"저들은 저와 함께 비밀리에 무형공을 수련하고 있는 자들입니다."

"아, 무형공!"

무형공이란 말에 곽재의의 눈빛은 의심 대신 호기심으로 반짝였다.

무형공이라면 진기가 겉으로 드러나지 않는 것이 당연했다.

"그래, 무형공이 너 외에 다른 사람에게도 효과가 있더냐?"

"아직은 시작 단계라 좀 더 지켜봐야 할 것 같습니다."

"그럼 너의 제자가 되는 셈이로구나. 허허허!"

만약 그들이 무형공의 연성에 성공한다면 종남파라고 못할 게 뭐 있겠는가. 새로운 기대와 희망으로 곽재의의 얼굴에 화색이 돌았다.

"어려운 걸음을 했으니 술 한잔 나눠야지?"

"감사합니다."

장천이 곽재의를 따라 운중각(雲中閣)으로 들어가고 나자 남아 있던 혈참마대는 주빈당(主賓堂)으로 안내되었다.

무림의 원로들을 위해 준비된 주빈당으로 그들을 안내한 것만 보아도 장천을 맞이하는 곽재의의 마음을 읽을 수 있었다.

하지만 이미 피로 물든 장천의 마음엔 아무런 감흥도 느껴지지 않았다. 그는 담담히 곽재의에 의해 채워지는 자신의 잔을 바라볼 따름이었다.

"이 첫 잔은 두려움을 벗어버린 너에게 숙부로서 주는 잔이다."

장천은 조용히 잔을 비웠다. 곽재의는 장천의 빈 잔에 다시 술을 따랐다.

"두 번째 잔은 너의 승리를 위해 주는 축배다."

장천은 역시 조용히 잔을 비웠다.

"세 번째 잔은 종남파의 장문인으로서 천도문의 문주에게 건네는 인사주다."

한 잔만 마셔도 식도가 후끈거리는 사천산 여아홍을 장천은 말없이 연이어 세 잔이나 비워냈다. 곽재의가 흐뭇한 미소를 지으며 장천의 잔에 다시 한 잔의 술을 채웠다.

"이 마지막 잔은 나의 오랜 지기이자 너의 아비인 폭우도를 위한 잔이다."

술잔을 든 장천의 손이 잠시 정지했다. 하지만 술은 이내 쓴웃음을 짓는 그의 입 안으로 삼켜졌다. 술이 들어오는 것과 동시에 그는 은밀히 내공을 운용해 술기운을 태워 버렸다.

그리곤 곽재의를 향해 잔을 내밀었다.

"이번엔 제가 술을 드리겠습니다."

"그래야지."

곽재의가 환히 웃는 얼굴로 술잔을 들었다.

"첫 번째 잔은 아버지를 대신한 감사의 잔입니다."

"네 아버지는… 좋은 벗이었다."

"두 번째 잔은 절 환영해 주신 데 대한 감사의 잔입니다."

"그래? 그럼 또 마셔야지."

"세 번째 잔은 천도문의 문주로서 종남파의 장문인께 드리는 인사의 잔입니다."

"허허허!"

곽재의는 호기롭게 장천이 권하는 세 잔의 술을 연이어 마셨다. 뜨거운 술기운이 전신으로 노곤하게 퍼져 나갔다.

좋은 사람과 어울려 마시는 술이라면 좀 취한들 어떠하리. 곽재의는 흐뭇한 얼굴로 빈 잔을 내밀었다.

장천은 쉴 틈도 없이 그의 빈 잔에 다시 술을 따랐다.

"그리고 마지막 잔은… 당신의 죽음을 축하하기 위한 술이오."

"……?"

곽재의가 눈을 치켜뜨며 장천을 바라보는 순간이었다.

이미 공격의 준비를 취하고 있던 장천의 손에서 은밀하게 적살장이 발출되었다. 소리도, 기세도 없는 적살장은 암습을 하기에 더없이 좋은 무공이었다.

게다가 곽재의는 완전 무방비 상태가 아닌가.

적살장은 소리없는 한 가닥의 바람처럼 곽재의의 미간을 향해 쏘아졌다.

하지만 종남파의 장문인이 그리 호락호락할 리 없었다.

땅―!

곽재의가 반사적으로 술잔을 들어 장천의 적살장을 막아낸 것이다. 실로 놀라운 순발력이자 임기응변이 아닐 수 없었다.

장천도 한 번의 암습으로 그를 꺾을 수 있을 거라 생각지는 않았다. 그는 곽재의가 방어 태세를 취하기도 전에 재빨리 수라천마화공을 펼쳤다. 용암처럼 뜨거운 열기가 곽재의를 향해 몰려갔다.

곽재의가 비룡번신(飛龍飜身)의 신법으로 몸을 피하며 경악성을 터뜨렸다.

"네 이놈! 지금 무슨 짓을 하는 것이냐?"

"보면 모르겠소? 종남을 취하기 위해 당신을 죽이려는 것이오."

장천의 말은 진심이었다. 영문은 알 수 없지만 그의 전신에서 풍겨져 나오는 살기와 쉼없는 맹렬한 공격, 그리고 무섭게 이글거리는 눈빛은 반드시 곽재의를 죽이겠다는 의지가 실려 있었다.

장천은 연이어 천마장을 떨쳤다.

화르르!

쉼없이 뿜어져 나오는 열기에 둘 사이를 가로막고 있던 탁자는 재가 되어 사라진 지 오래였다.

"오냐! 이것이 정녕 네놈의 진심이라면 기꺼이 맞서주겠다!"

곽재의가 건곤미허신공의 좌구권을 운용하며 벽력같이 장천에게 쇄도했다.

장천의 입이 보일 듯 말 듯 웃었다. 곽재의가 그 웃음의 의미를 알아챘을 때는 장천의 손에서 천풍신권이 펼쳐진 후였다.

파파파팍!

천풍신권의 강맹한 권세가 곽재의의 가슴으로 몰아쳤다. 반면 곽재의의 좌구권은 그의 천풍신권에 막혀 힘없이 스러져 버렸다.

좌구권은 권법의 위력보다 연속적으로 펼쳐지는 아홉 번의 권세로 상대방의 움직임을 봉쇄하는 데 효과적이었다. 곽재의가 좌구권을 펼친 것도 장천이 장법을 펼칠 시간을 뺏기 위함이었다.

한데 장천이 느닷없이 권법으로 맞서온 것이다. 그것도 상상조차 하지 못한 패도적인 권법으로. 곽재의가 재빨리 몸을 틀어 천풍신권의 위력을 반감시키지 않았다면 그의 내장은 완전히 박살났을 것이다. 하지만 간신히 피해냈다고 해도 내장이 진탕된 충격에 검은 피를 토하는 것은 피할 수 없었다.

"으윽……!"

검은 피를 토해내는 곽재의가 경악한 표정으로 장천을 노려봤다. 장천이 방금 펼친 권법의 정체를 깨달았기 때문이다.

"네, 네놈이 어떻게 마황의 무공을……?"

"그 이유는 지옥에 가서 천도문의 사람들에게 들으시오!"

장천의 몸이 훌쩍 솟구쳤다.

이번에는 손이 아닌 발로 천풍신권을 펼치려는 것이다.

곽재의는 모골이 송연해졌다. 장천이 펼치는 것은 마황의 천마삼공인데 그에 맞서는 자신에게는 창이 없었다.

무림인이 무기를 몸에서 떼어놓는 것보다 어리석은 일은 없지만 이곳은 종남파 내부였다. 게다가 친자식이나 다름없이 여기던 장천과 마주 앉아 있던 자리가 아닌가. 그의 무기인 멸안창(滅岸槍)은 주인의 다급한 마음도 모른 채 복도 건너편의 침소 앞에 세워져 있을 터였다.

창도 없이 마황의 천마삼공에 맞설 수는 없는 노릇이었다. 게다가 장천의 내공 또한 자신에 비해 결코 하수가 아닌 듯했다.

판단이 섰다면 주저할 필요가 없었다.

곽재의는 금표조천(金豹朝天)의 신법을 펼치며 비호같이 문밖으로 몸을 날렸다.

콰쾅—!

문이 박살나며 그의 몸은 튕기듯이 복도 건너편으로 향했다. 멸안창을 손에 잡는 것과 동시에 곽재의는 다시 한 번 금표조천을 펼치며 섬전같이 전각 앞의 연무장으로 날아갔다.

창술을 펼치기에 적합한 넓은 장소로 몸을 옮긴 것이다.

하지만 연무장에 내려서는 순간, 그의 몸은 벼락이라도 맞은 듯 굳어버렸다.

종남파를 가득 메운 살기와 뜨거운 피비린내! 공격을 시작한 건 장천 혼자가 아니었다. 어느덧 주빈당을 나선 혈참마대의 고수들도 전각 사이를 휘젓고 있었다.

주빈당의 손님으로 맞은 그들이 살수를 펼치는 것은 팔짱을 끼고 가던 친구가 느닷없이 옆구리에 비수를 찔러 넣는 것과 마찬가지였다.

그들의 공격은 감히 상상도, 예상도 하지 못했던 불의의 기습이었다.

종남파의 제자들이 허둥대는 동안 종남파 외곽의 담장을 개미처럼 덮으며 날아오르는 일단의 인영들이 있었다.

흑기대와 철기대, 그리고 혈기대의 무사들까지 모조리 투입된 것이다.

그들의 뒤를 이어 담장 위로 백색 궁장 차림의 아름다운 여인들이 나타났다. 그녀들의 등장은 종남파의 제자들은 물론, 장천의 눈까지 휘둥그레지게 만들었다.

독화대! 천마교 내에서도 가장 은밀하며, 또한 악랄하다고 알려진 여고수들이 모여 이루어진 것이 바로 독화대였다. 그녀들은 아수라성녀 서희의 직속 수하들이기도 했다.

원래 구마천의 인물들은 각각의 수하들을 직접 선발하고 지휘할 자격이 주어졌다. 천마교에 기반이 없는 장천에게 주어진 수하들이 혈참마대라면, 독화대는 서희가 직접 공들여 키운 수하들이었다.

그녀들이 종남파에 나타난 것은 서희가 더 이상 개인의 자격으로 장천과 함께하지 않는다는 뜻이었다. 즉, 천마교의 세력들이 본격적으로 중원무림에 투입되고 있는 것이다. 그것은 곧 천마교의 본격적인 중원 정벌을 의미하기도 했다.

꿈결처럼 아름다운 모습으로 종남파에 들어선 서희와 독화대는 이내 야차 같은 손속을 휘두르기 시작했다. 평화롭던 종남의 밤은 순식간에 피와 비명으로 물들어갔다.

곽재의는 눈으로 보면서도 믿을 수가 없었다.

다른 사람도 아닌 장천이 종남파를 향해 비수를 들이대다니. 그것도 마교의 인물들과 함께.

곽재의가 주체하기 힘든 분노와 당혹감으로 장천을 노려봤다.

"네, 네놈이 어찌……!"

장천은 무표정하게 그를 쳐다보기만 할 뿐이었다. 얼음처럼 차갑고, 석상처럼 무표정한 얼굴이다.

숙적인 장승운을 꺾은 자신감이라 여겼던 그의 당당함이 지금은 낯설어 보이기만 했다. 얼굴은 틀림없는 장천의 것이지만 눈빛도, 표정도 그가 알던 장천이 아니었다.

"너, 너는 누구냐?"

떨리는 곽재의의 목소리에 서릿발 같은 분노가 서렸다.

그는 장천이 아닐 것이다. 인피면구로 위장한 마교의 인물일 것이다. 그 뻔한 술수에 이리도 허무하게 속다니.

자신을 책망하고 있는 곽재의를 향해 장천이 태연히 말했다.

"어린 나를 무릎에 앉혀놓고 도가 버거우면 검을 들어보지 않겠냐고 물어보던 사람이 날 모른단 말이오?"

"……!"

경악으로 휩떠졌던 곽재의의 눈이 이내 침착하고 냉정하게 가라앉았다. 그가 진짜 장천이라는 사실이 오히려 곽재의를 차분하게 만들고 있었다.

아버지를 배신하고, 천도문을 배신하고 마교와 손을 잡은 것이라면 더 이상 그에게 분노할 필요도 없었다. 게다가 자신과의 친분을 이용해 종남파의 심장에서 비수를 꺼내 들다니! 곽재의는 장천을 향한 감정 자체를 접어버렸다.

"사백 년 역사의 종남이 네놈의 농간에 무너질 줄 알았더냐?"

싸늘한 일갈과 함께 곽재의의 멸안창이 장천을 향해 빛을 뿌렸다. 길이가 여섯 자에, 무게도 오십 근에 달하는 거대한 창이 휘둘러지자 거대한 파도가 치는 듯한 강렬한 기세가 장천을 덮었다.

곽재의는 처음부터 자신의 절기인 칠절난파창법(七切難破槍法)을 운용한 것이다.

상대는 천마삼공을 익힌 마교의 고수다. 장천이 어떻게 마황의 천마삼공을 익혔는지는 더 이상 중요하지 않았다.

지금 이 순간 중요한 것은 그를 꺾어야 한다는 사실이고, 그러기 위해선 처음부터 전력을 다해야 했다.

단 일곱 개의 초식으로 구성되었지만, 그 일곱 초식만으로 깨지 못할 상대가 없다 하여 붙여진 이름이 바로 칠절난파창법이었다. 곽재의의 칠절난파창법은 그가 검을 버리고 창을 든 충분한 이유가 될 만큼 위력적이었다.

곽재의의 멸안창은 지축을 흔들고 공기를 찢어버릴 듯 거세고 맹렬하게 장천을 휘감았다.

장천의 동공이 확대되며 기이한 광채가 쏟아져 나왔다. 그 역시 처음부터 전력을 다하기 위해 내공을 최대한으로 끌어올리고 있는 것이다.

곽재의의 창끝에서 시작된 서늘한 한기가 빛무리를 뚫으며 장천의 미간을 향해 쏘아져 왔다.

장천은 재빨리 천풍신권을 운용하며 곽재의의 창이 펼쳐 놓은 기세를 걷어냈다. 동시에 허공을 향해 도약하며 소매 속에서 은색 연검을 뽑아 들었다.

마음 같아선 척마도를 들고 싶지만 곽재의 같은 고수를 상대로 숙달되지 않은 도를 휘두를 수는 없는 노릇이었다.

더욱이 풍뢰도법보다 훨씬 강력한 천환십팔검을 익히고 있을 때에야.

장천은 마황 사승비에게 특별히 전수받은 천환십팔검을 거침없이 휘둘렀다. 그가 휘두르는 것은 한 자루 연검이지만 밤하늘을 수놓는 것은 수백, 수천의 검무리였다.

그의 연검은 채찍처럼 밤하늘을 휘젓다가 돌연 한 자루의 긴 창으로 돌변해 곽재의의 심장을 겨냥했다. 곽재의가 재빨리 창을 휘둘러 그의 공격을 막아내는 순간이면 다시 짤막한 한 자루의 검으로 돌변했다.

한 자루의 연검으로 십팔반 병기의 모든 효용을 구사하니, 곽재의는 이리 막고 저리 피하기에 급급했다.

'어떻게 저 아이의 무공이 이 정도 경지에 오를 수 있단 말인가……?'

이해하기 힘든 일이었다.

불과 며칠 전까지 무형공을 익힌다고 알려졌던 장천이 느닷없이 마교의 고수가 되어 있다니. 게다가 거침없이 천마삼공을 펼치고 있지 않은가.

　도무지 이해하기 힘든 상황에 대한 답답함이 곽재의의 손을 더욱 무디게 만들었다.

　반면 선기를 잡은 장천의 공격은 거침이 없었다.

　천환십팔검을 제대로 운용하기 위해선 절정의 내공이 필수적이었다.

　한 자루의 연검으로 가벼운 채찍에서 무거운 창과 도의 수법까지 펼치기 위해선 당연한 조건이었다.

　그런데 장천이 해내고 있는 것이다. 그가 구사하는 천환십팔검은 한 치의 틈도 없이 완벽했다.

　'아비마저 포기했던 천이를 단시일에 절정고수로 탈바꿈시키다니! 이것이 정녕 마교의 힘이란 말인가……?'

　곽재의의 심장이 점점 격렬하게 요동쳤다.

2

아수라성녀 서희와 독화대의 우아한 백색 궁장은 어느덧 붉은 핏빛으로 변해 있었다.

마치 피에 굶주린 야차들처럼 그녀들의 손속은 악랄하고 잔인했다.

종남의 젊은 제자들은 변변한 공격 한번 해보지도 못한 채 그녀들의 손에 머리가 으스러지고 심장이 통째로 뽑혀졌다.

그녀들의 가장 앞에서 살수를 펼치고 있는 사람은 당연히 서희였다.

살기로 번들거리는 그녀의 눈빛만으로도 무공이 약한 자들은 심장이 얼어버릴 지경이었다. 그녀는 상대를 가리지도 않았다.

고수든, 하수든 앞을 막는 자를 향해서 가차없이 손을 휘둘렀다. 그녀의 긴 옷자락이 스쳐 가는 곳마다 처절한 피보라와 함께 신음성이 터져 나왔다.

혈참마대의 높은 벽에 막혀 있는 종남의 고수들은 제자들이 허무하게 죽어가는 것을 보면서도 손을 쓸 수가 없었다. 그들은 혈참마대를 상대하는 것만으로도 힘에 겨웠다.

"이거 너무 시시하군."

또 한 명의 핏물을 쏟아내며 서희가 빈정거렸다.

그때였다.

"멈추거라! 멈춰라!'

종남파의 깊숙한 곳에서 은색 수염을 흩날리며 십여 명의 노고수들이 밤하늘을 가르며 다급하게 날아들었다.

웅혼한 내공이 담긴 그들의 외침에 피보라를 뿜어내던 혈전도 잠시 중단했다.

그들 중 선두에 서 있던 노고수가 분노와 경악에 찬 시선으로 장내를 둘러보며 물었다.

"이게 무슨… 짓인가?"

서희가 가벼운 코웃음을 치며 대답했다.

"드디어 추풍검(秋風劍)이 나오셨군요."

그녀의 눈이 더욱 짙은 살기로 번뜩였다. 드디어 싸울 만한 상대를 만난 흥분 때문이었다.

추풍검 구유명은 추명은창 곽재의의 사숙으로 현 종남파 최고의 고수였다. 이미 십여 년 전에 문파의 일에 손을 떼고 원로원으로 은거했던 그가 오랜 칩거를 깨고 다시 나온 것이다.

그와 함께 온 십여 명의 노고수들 역시 마찬가지였다.

마교가 중원에 발을 들여놓는 순간, 그들의 평화로운 칩거도 깨진

셈이었다.

추풍검이 싸늘하지만 침착한 어조로 서희를 향해 물었다.

"내가 소저를 꺾으면 이대로 물러서시겠소?"

서희가 싱긋 웃었다. 모처럼 아수라성녀로 돌아온 순진한 표정으로.

"그럴 수 없다는 걸 아실 텐데요?"

"소저에게는 무인으로서의 도리보다 마교의 명령이 더 소중한 거요?"

"그것 때문이 아니라… 어르신이 날 이길 수 없기 때문입니다."

서희의 태연한 한마디에 추풍검의 뒤에 서 있던 원로원의 고수들이 서릿발 같은 분노를 터뜨렸다.

"저런 당돌한 계집! 어느 안전이라고 입을 함부로 놀리느냐!"

당장이라도 검을 휘두를 것 같던 그들의 손을 막은 것은 추풍검이었다.

"그녀는 내가 맡겠네."

"듣던 중 반가운 소리군요. 명색이 구대문파라면 이 정도는 되어야죠."

피로 물든 백색 궁장과는 전혀 어울리지 않는 화사한 미소를 머금으며 서희가 대답했다.

추풍검은 쓸쓸한 표정으로 쓰러져 있는 시체들을 훑어봤다. 그리고 지친 표정으로 분노와 슬픔에 잠겨 있는 남은 다른 제자들을 쳐다보며 말했다.

"지금까지 살아 있어준 것만으로도 너희들이 할 일은 다 했다."

추풍검이 서희를 향해 조용히 한 걸음 옮기며 뒤편의 다른 노고수들에게 말했다.

"자네들은 저 아이들에게 생로를 열어주게. 우리야 살 만큼 살았으니 여기서 뼈를 묻어도 여한이 없지 않겠나?"

그의 말에 다른 이들도 말없이 미소 지었다.

추풍검의 마음을 읽었으니 그의 뜻을 따르겠다는 무언의 동조였다. 그들의 시선은 일시에 곽재의를 향했다.

그들이 뭐라 말을 하기도 전에 곽재의가 먼저 단호하게 말했다.

"저도 사숙님들의 뜻을 따르겠습니다."

"그렇다면 장문인께서 앞장서 저들의 길을 열어주시게."

추풍검의 말은 곽재의도 생존자들과 함께 이곳을 빠져나가라는 뜻이었다.

"사숙님!"

곽재의가 눈을 부라리며 머리를 저었다.

"저의 부족함으로 사숙님들까지 희생시킬 순 없습니다. 차라리……."

추풍검이 조용하면서도 단호한 어조로 곽재의의 말을 잘랐다.

"살아남으시게. 그것이 장문인으로서 자네가 할 수 있는 최선의 방법이네."

두 사람의 말을 듣던 장천이 느닷없이 싸늘한 웃음을 터뜨렸다.

"푸후훗!"

이들도 곽재의를 살리기 위해 목숨을 걸려 하고 있다.

역시 장문인이란 소중한 존재인가 보다. 천도문에서도 번살과 사마대는 마지막 순간까지 현각을 살리기 위해 처절하게 싸우고, 또 싸웠었다.

그렇게 살아남은 이에 비하면 혈전의 가장 앞줄에 내세워진 자신은 얼마나 하찮은 존재인가.

비애감과 상실감에 장천의 얼굴이 더욱 싸늘하게 굳어들었다.

"단 한 사람도 이곳을 살아 나가지 못할 것이다!"

그의 말은 명령이자 선언이었다.

"와아—!"

잠시 손을 멈추고 있던 마교의 무사들이 일제히 손을 쓰기 시작했다.

종남의 무사들도 짧은 휴식과 희망을 뒤로한 채 다시 혈전의 소용돌이에 휘말렸다.

하지만 원로원의 고수들이 합류한 이상, 상황은 전과 많이 다를 수밖에 없었다.

애초에 장천이 곽재의의 눈을 속이고 스며들어 기습을 가한 것도 원로원 고수들이 합류하기 전에 상황을 끝내기 위함이었다.

그러나 상황은 그들이 계산한 것처럼 녹록하지 않았다. 구대문파의 저력이란 결코 만만한 것이 아니었다. 종남파의 저항은 그들의 예상보다 훨씬 격렬했고, 실력 또한 천도문의 하급 무사들과는 비교가 되지 않았다.

게다가 원로원 고수들의 합류는 종남파 무사들의 투지를 불태웠다.

종남파의 사백 년 역사를 이대로 끝낼 수 없다는 사명감까지 더해지자 싸움의 기세는 오히려 종남으로 기울었다.

그중에서도 가장 매섭게 돌변한 사람은 곽재의였다.

차라리 죽으면 죽었지, 도망은 치지 않겠다는 결연한 의지가 더해진 그의 손은 전과 비교할 수 없을 정도로 맹렬했다.

상대가 투지를 불태울수록 강해지는 것은 장천도 마찬가지!

장천과 곽재의의 싸움은 보는 것만으로도 숨이 막힐 정도로 처절하고 치열했다.

'더 이상 시간을 끌 수 없다!'

장천이 전력을 다한 천마장을 발출하는 순간이었다.

"가라!"

녹색 장포를 휘날리는 노고수가 두 사람 사이에 끼어들었다. 그는 추풍검의 사제인 운대선생 적세흠이었다.

운대선생은 검술에 있어서는 추풍검에 미치지 못하지만 내공에 있어서는 결코 그에 뒤지지 않는 종남 최고의 고수 중 한 명이었다.

그는 곽재의의 앞을 막아서며 쌍수에 들고 있던 두 자루의 검 중 하나로 장천의 천마장을 받아냈다.

휘르륵!

그의 내공이 담긴 검은 청명한 빛을 뿌리고 있었지만 천마장의 열기에 순식간에 엿가락처럼 녹아버렸다.

만약 그의 내공이 부족했다면 검과 함께 그의 내장도 녹아버렸을 것이다. 아니, 그의 충실한 내공에도 불구하고 그가 입은 내상은 적지 않았다.

하지만 그는 아무런 내색도 하지 않으며 곽재의를 향해 매섭게 호통쳤다.

"얼마나 많은 제자들이 죽어야 정신을 차리겠느냐? 어서 가라! 네가 가야 저들도 너를 따를 것이 아니겠느냐?"

"사, 사숙님!"

"지체할 시간이 없다!"

운대선생은 더 이상 말할 필요도 없다는 듯이 좌수에 들고 있는 검을 휘두르기 시작했다. 그의 검은 순식간에 검막을 형성하며 곽재의와 장천 사이에 벽을 만들었다. 이미 내상을 입은 상태에서 무리한 내공의 운용이 어떤 결과를 부를지는 그 자신도 잘 알고 있었다. 하지만 곽재의가 몸을 뺄 잠깐의 시간을 만들어주기 위해 그는 과감히 자신의 목숨을 내건 것이다.

곽재의라고 그의 의도를 왜 모를까?

그는 주저하지 않았다. 자신의 주저함으로 운대선생의 희생이 헛되이 버려지게 할 수는 없었다.

몸을 돌린 곽재의는 혈전의 한가운데를 뚫고 나아가기 시작했다. 그의 멸안창에서 뿜어지는 매서운 기세에 마교의 무사들이 맥없이 나가떨어지기 시작했다.

반대로 종남의 무인들에게 곽재의의 가세는 천군만마보다 더 든든한 존재였다.

곽재의를 중심으로 모여들기 시작한 종남의 무인들은 순식간에 든든한 방어막을 형성했다.

하지만 마교의 고수들은 종남의 노고수들에게 막혀 손을 쓸 수가 없었다.

핏발 선 서희가 야차 같은 미소를 지으며 나직이 중얼거렸다.

"재미있군. 역시 구대문파라 이거지?"

서희가 추풍검을 피해 허공으로 훌쩍 솟구쳤다. 그리곤 그녀를 중심으로 서서히 공기가 요동치기 시작했다.

그녀와 지척에 있던 장천도 보일 듯 말 듯 미소 지었다.

"이제부터 진짜 싸움인가?"

장천이 지친 운대선생을 향해 번개처럼 연검을 휘둘렀다. 그의 연검은 영활한 뱀처럼 운대선생의 목을 휘감았다. 내상을 입은 몸으로 지나친 내공을 소모한 운대선생은 눈으로 보면서도 피할 수 없었다.

"……!"

운대선생의 목에 실낱보다 가는 혈선이 그어졌다. 하지만 이내 그가는 혈선에서 분수처럼 피가 뿜어지기 시작했다.

동시에 장천이 곽재의 뒤를 쫓기 위해 몸을 날렸다.

혈로를 뚫고 곽재의는 어느덧 정문 입구에 거의 도달해 있는 상태였다.

그때였다, 천지가 찢어질 듯이 요동치며 서희의 장력이 장내를 휩쓸기 시작한 것은.

서희의 팔극회장박이 펼쳐진 것이다. 인간이 뿜어낸 것이라곤 믿기 어려울 만큼 강력한 그녀의 장세에 힘없는 무사들이 추풍낙엽처럼 휘날렸다.

그중에서는 마교의 무사들도 무수히 섞여 있었다.

서희는 개의치 않았다. 그녀의 힘이 닿는 곳에 있는 모든 사람들을 쓸어버리려는 듯 그녀가 떨쳐 내는 팔극회장박은 거침이 없었다.

추풍검이라고 해도 그녀의 장세를 온전히 받아낼 수 없었다. 게다가 그는 다른 제자들을 보호하기 위해 서희의 팔극회장박에 정면으로 맞서려 했다.

그의 선택은 치명적인 실수였다. 팔극회장박은 결코 정면으로 맞서 피할 수 있는 무공이 아니었다.

추풍검의 굳게 다물어진 입술 사이로 검붉은 피가 새어 나오기 시작했다.

"호호호호홋!"

피에 젖은 백색궁장과 긴 머리를 휘날리며 거침없이 장세를 쏟아내는 서희의 모습은 야차나 다름없었다. 그것은 아수라성녀의 진정한 모습이기도 했다.

서희의 팔극회장박은 멀찌감치 벗어나 있던 곽재의에게도 충격으로 다가왔다. 종남파의 그 누가 서희를 막을 수 있단 말인가.

게다가 서희와 함께 기세가 오른 독화대의 공격도 한층 악랄해졌다.

당황함과 절망은 잠시뿐 그는 오히려 마음이 차분하게 가라앉았다. 자신이 해야 할 일이 너무나 분명하기 때문이었다.

'이곳을 벗어나야 한다!'

어차피 종남파 혼자의 힘으로 마교를 상대할 수는 없는 노릇이었다.

한시라도 빨리, 한 사람의 제자라도 더 거두어 이곳을 벗어나는 길이 그가 종남파를 위해 해야 할 일이었다.

그는 뒤돌아보지 않고 앞을 향해 돌진했다. 길을 막아서는 이들을 향해서는 가차없이 멸안창을 휘둘렀다. 그것은 살아남겠다는 의지가 아니었다. 반드시 살아야만 한다는 절박함이었다.

지금 이 순간도 피를 흘리고 있는 다른 문도들의 피를 씻어주기 위해서라도 그들 중 누군가는 반드시 살아 있어야만 했다.

곽재의를 중심으로 똘똘 뭉친 종남의 무인들은 한결같은 마음으로 악착같이 혈로를 뚫고 있었다.

"적에게 등을 보이다니, 장문인으로서 부끄럽지도 않소?"

장천의 싸늘한 말이 그의 발목을 잡았다.

하지만 곽재의는 멈추지 않았다. 지금은 개인의 명예보다 문파의 존립을 책임지는 것이 더 중요한 일이니까.

"후후훗!"

싸늘한 웃음과 함께 장천의 연검이 불을 뿜기 시작했다. 천환십팔검을 펼치고 있는 것이다. 마황의 천마삼공 중에서도 가장 살상력이 강한 것이 바로 천환십팔검이었다.

그의 연검은 형체도, 실체도 없는 빛살처럼 종남파의 무인들을 집어삼키기 시작했다.

곽재의를 중심으로 뭉쳐 있던 종남파 무인들의 대열이 순식간에 흩어지고 있었다. 그들 중 누군가 곽재의를 향해 비장하게 외쳤다.

"종남파의 제자로서 종남파를 위해 목숨을 바칠 수 있어 영광입니다!"

그의 외침은 주변의 무사들에게 커다란 동요를 일으켰다.

"가십시오. 여기는 저희가 막겠습니다."

그들은 곽재의를 등진 채 장천의 앞을 겹겹이 막아섰다.

"훗, 너희들의 목숨은 참으로 하찮은 모양이로구나."

장천은 가차없이 연검을 휘둘렀다.

사람이 아니라 썩은 짚단을 향해 검을 휘두른다 해도 그보다 잔인할 수는 없을 것이다. 애초에 감정이라곤 없는 인간처럼 장천은 잔인하고 악랄하게 검을 휘둘렀다.

곽재의의 마음은 태산보다 무거웠다.

하지만 그는 살아야 했다. 누군가는 살아서 오늘의 비극을 기억하고 전해줘야 했다. 이것은 단지 종남파 개인의 문제가 아니라 무림 전체의 안위와도 연결된 일이 아닌가.

그가 남아 있는다고 해서 전세를 뒤집을 수는 없는 상황이었다. 원로원의 고수들이 힘겹게 버티곤 있지만 오래는 가지 못할 것이다.

이대로 종남파의 몰살을 지켜볼 수만은 없지 않은가.

누군가는, 반드시 누군가는 살아남아야 했다.

곽재의는 눈을 질끈 감았다.

수많은 제자들과 선배들의 피로 물든 종남산에서 그는 혼자라도 살아남으리라 각오했다. 그리고 산문을 향해 태산보다 무거운 몸을 날리는 순간이었다.

휘르륵!

그의 등을 향해 한줄기 빛살이 날아갔다. 너무나 강렬하고 쾌속한 빛살이었다. 주변에 있던 무인들은 무슨 일이 일어난 건지도 느끼지 못할 정도였다.

허공으로 도약했던 곽재의의 몸이 부르르 떨렸다.

쿵—!

곽재의의 몸이 바닥을 향해 추락했다. 그제야 그의 등을 관통한 연검이 보였다. 그의 심장을 꿰뚫은 채 종잇장처럼 흩날리고 있는 연검이 빛살의 정체였다.

곽재의가 멍한 표정으로 자신의 심장에 박혀 있는 연검을 내려다봤다.

장천이 싸늘하게 말했다.

"적을 향해 등을 내놓은 순간, 당신의 목숨은 이미 죽은 거였소."

곽재의가 힘없이 머리를 떨궜다.

그의 말대로 등을 보이는 순간, 목숨뿐 아니라 무인으로서의 자존심도 잃어버린 것이었다. 하지만 어쩔 수 없는 선택이었다. 그것은 지금이 순간도 마찬가지였다.

곽재의는 마지막 힘을 쥐어짜 주변의 무인들에게 말했다.

"가거라. 한 명이라도… 단 한 명이라도… 살아서 오늘을 기억해라……. 어서… 가거라……. 쿨럭……."

힘겹게 말을 마친 곽재의의 입에서 검붉은 핏물이 토해졌다.

그와 동시에 주변에 있던 무인들이 훌쩍 허공으로 몸을 솟구쳤다. 유언이나 다름없는 곽재의의 말에 보답하기 위함이었다.

장천은 더 이상 움직이지 않았다.

어차피 종남파를 휘저은 피보라도 가라앉은 다음이었다. 남아 있는 마교의 무사들이 장천을 대신해 그들을 쫓기 위해 몸을 날렸다.

시산혈해가 된 종남파에 더 이상 종남의 사람은 남아 있지 않았다. 하지만 마교의 손해도 극심했다. 독화대와 혈참마대의 고수들도 절반 가까이 잃었고 혈기대나 적기대는 남은 인원을 손에 꼽을 정도였다.

"끔찍한 밤이군요."

어느덧 아수라성녀의 순진한 모습으로 돌아온 서희가 미간을 찌푸리며 말했다.

장천에게도 끔찍한 밤이기는 마찬가지다. 하지만 천도문의 비극과 비교할 바는 아니었다. 그는 무표정하게 대답했다.

"이 전력으로 화산파에 가는 것은 무리겠군."

"우리는 화산파에 갈 필요가 없어요."

"하면……?"

서희가 싱긋 웃으며 대답했다.

"화산파라면… 일장필살 뇌진천이나 혈검 포유쯤이 갔겠네요."

뇌진천이나 포유는 구마천 내에서도 가장 강한 세력을 형성하고 있는 이들이었다.

그들이 움직였다면 화산도 온전하지는 못하리라.

본격적으로 시작된 마교의 중원정벌 앞에서 장천은 다시 의문 속으로 빠져들었다.

'마황은 왜 하필 천도문으로 중원정벌을 시작하려 했던 걸까? 그것도 나를 앞세워……'

마황이 장천을 키운 것은 철저한 계획 하에 이루어진 일이었다.

'도대체 왜……?'

장천의 의문은 커져만 갔다.

제2장

벽리도의 비밀

1

주강으로 이어지는 난가산(爛柯山)의 계곡을 따라서는 크고 작은 마을들이 제법 많이 형성되어 있었다. 소안살귀가 그 마을들을 뒤지며 사예랑을 추적한 지도 어느덧 열흘이 되어가고 있었다.

"영악한 계집."

그녀가 산길을 달려갔다면 어렵지 않게 다시 잡을 수 있었을 것이다. 하지만 사예랑은 영리하게도 계곡에 몸을 싣고 물길을 따라 이동했다. 물과 뭍을 번갈아가며 도망간 탓에 소안살귀도 쉽게 종적을 찾을 수 없었다. 제아무리 추적의 달인이라 하더라도 물길을 따라 사라진 사람을 찾는 것은 어려운 일이었다.

하지만 소안살귀는 포기하지 않았다.

황금 오십 냥이라는 거금이 눈앞에서 사라져 버리는 게 아닌가. 억울해서라도 포기할 수 없었다.

막막하기만 하던 추적의 단서가 잡힌 것은 계곡 하류의 광이촌에서였다.

"사흘 전인가… 왠 여자가 물속으로 걸어 들어가더라고. 죽을 생각은 아닌지 헤엄을 치긴 하던데… 저 아래쪽은 물살이 워낙 험해서… 아마 죽었지 싶어."

주름이 자글자글한 노인은 물에서 죽는 게 너무나 익숙한지 담담하게 말했다.

"여인을 말리지는 않으셨습니까?"

"말렸지, 왜 안 말렸겠나? 근데 그리로 가야 된다 그러더라고."

"……."

소안살귀는 믿지 않았다. 죽을지도 모를 길을 갈 여자가 아니었다. 더욱이 목격자를 남겼다는 점에서는 더욱 의심이 커졌다.

무림인들의 추적을 따돌리며 섬서성에서 이곳 광동성까지 도망쳐 온 사예랑이다. 이렇게 쉽게 종적을 남겼을 리 없었다.

소안살귀의 시선은 강이 아니라 강 옆의 협곡을 향했다.

"저 협곡을 넘어가면 어디로 이어집니까?"

"석가촌."

"그쪽도 물길이 있습니까?"

"그럼. 그쪽이 남해로 이어지는 물길이야."

소안살귀의 눈이 반짝였다.

"어차피 배를 탈 생각이었으니 남해로 연결되는 길을 갔겠지."

그는 망설이지 않고 협곡으로 방향을 잡았다. 가파른 협곡을 넘어가자 경사가 완만해지며 평지가 드러났다. 그 평지의 끝에서 물길이 다시 시작되고 있었다.

조용하고 평화롭게 흐르던 계곡은 조금 더 지나자 거센 소용돌이를 일으키며 남쪽을 향해 방향을 비틀고 있었다.

석가촌이 자리잡고 있는 것은 그 세찬 물길의 끝 자락이었다.

석가촌의 사람들이 종사하는 일은 크게 두 가지였다.

하나는 주강에 낚시나 그물을 던지는 것이고, 또 하나는 남해로 이어지는 물길을 따라 배를 타는 것이었다.

소안살귀가 석가촌으로 들어서는 길목에서 그물을 걷고 있는 젊은 어부가 보였다. 이십대 초반에 건장한 체구를 가진 어부의 검게 그을린 얼굴엔 시골의 순박함이 물씬 묻어났다.

소안살귀는 특유의 온화한 미소를 지으며 어부에게로 다가갔다.

"실례하지만 말씀 좀 여쭈겠습니다."

그물을 걷던 어부의 손이 움찔했다.

"그러세요……"

"혹시 근래에 이 근처를 지난 젊은 여인을 보지 못하셨습니까?"

"못… 봤는데요……"

"그러시군요. 실례했습니다."

소안살귀는 역시 정중한 미소로 인사를 대신하곤 마을을 향해 걸음을 옮겼다.

소안살귀가 멀어지는 모습을 멀뚱히 지켜보던 어부의 손놀림이 갑자기 빨라졌다. 허둥지둥 그물을 챙겨 든 어부는 종종걸음으로 강을 벗어났다.

어부의 이름은 추자기. 그가 석가촌에 처음 자리를 잡은 것이 십이 년 전. 그의 나이 아홉 살 때였다. 하지만 그는 마을 사람들과 특별한 왕래없이 마을 뒤편의 외진 곳에서 홀로 살았다. 소심한 성격 탓도 있지만 사람들과 어울리는 것을 별로 좋아하지 않는 게 더 큰 이유였다.

그런 추자기가 얼마 전에 아주 특별한 손님을 맞았다. 그의 그물에 웬 낯선 여인이 걸려 올라온 것이다. 시체라면 그냥 버렸겠지만 여인에게는 미약하나마 숨이 남아 있었다. 마지못해 여인을 집으로 데려가 보살피기 시작한 지가 벌써 엿새. 여인의 의식이 돌아온 것은 어제였다.

그리고 오늘, 여인이 걱정한 대로 백면의 서생이 그녀를 찾아온 것이다.

추자기는 집으로 들어서자마자 아직도 병상에 누워 있는 여인을 향해 대뜸 말했다.

"소저가 말한 그 백면서생이 나타났어요."

"헉! 그래서요?"

"소저의 행방을 묻길래 모른다고 했지요. 그리곤 곧장 이리로 오는 길이에요."

추자기가 상기된 얼굴로 말했다. 만약 소안살귀의 앞에서도 저런 표정을 지었다면 그는 절대 속아 넘어가지 않았을 것이다.

추자기의 말이 끝나기도 전에 사예랑이 자리에서 몸을 일으켰다. 추자기가 깜짝 놀라며 그런 사예랑을 만류했다.

"아직 더 쉬셔야 해요."

"그자가 올 거예요. 이대로 물러갈 만만한 놈이 아니거든요."

"제가 뭔가… 실수를 한 거죠……?"

추자기의 커다란 어깨가 축 처졌다.

"아니에요. 당신이 아니었으면 벌써 물귀신이 됐을 몸이잖아요. 그동안 정말 고마웠어요."

"그래도… 더 쉬어야 할 텐데……."

얼마 만에 사람과 관계를 맺은 것인가? 추자기는 사예랑이 이대로 떠나기라도 할까 봐 안절부절못했다.

하지만 사예랑은 그의 안타까운 내심에 동조해 줄 정도로 한가한 상황이 아니었다.

"인연이 닿는다면 다시 볼 날이 있을 거예요."

사예랑이 허겁지겁 방문을 나서는 순간이었다.

"생각보다 목숨이 질기더군. 여기까지 오다니 말이야."

싸늘한 말과 함께 소안살귀가 들어서고 있었다.

"……!"

그녀의 직감대로 소안살귀는 처음 추자기의 눈빛을 보는 순간 그가 거짓말을 하고 있음을 알았다. 하지만 사예랑이 만만치 않은 상대임을 알기 때문에 그녀 스스로 문밖으로 나오기를 기다리고 있었던 것이다.

사예랑이 본능적으로 주춤거리며 뒷걸음질쳤다. 지난 열흘간 죽을 힘을 다해 여기까지 도망쳐 왔다. 내일쯤엔 남해로 나가는 배를 탈 작정이었는데 여기서 잡히다니. 너무나 허무하고 억울했다.

겁에 질린 사예랑의 얼굴을 본 추자기가 두 사람 사이를 가로막고

섰다.

"무슨 사연인지는 몰라도 괴롭히지 마세요! 힘없는 여자를 괴롭히는 건 남자가 할 일이 아니잖아요!"

추자기의 순박한 외침에 소안살귀가 비릿한 미소를 지었다.

"사내가 큰소리칠 때는 그만한 능력이 있다는 거겠지?"

시골의 순진한 어부가 무공에 대해 알 턱이 없었다. 오히려 외모로 보면 소안살귀 따위는 자신의 상대가 되지 않을 듯했다.

추자기가 겁도 없이 소안살귀를 향해 다가가며 자신있게 말했다.

"소저, 걱정 마세요."

"안 돼요! 저리 비켜요!"

사예랑의 외침이 끝나기도 전이었다.

백색 유삼 속에 가지런히 놓여 있던 소안살귀의 손이 추자기의 목줄을 비틀어 쥐고 있었다. 소안살귀가 살며시 손을 치켜들자 추자기의 커다란 덩치가 가볍게 들어 올려졌다.

"끄윽!"

허공에서 다리를 바둥거리는 추자기의 얼굴이 순식간에 핏덩이처럼 붉게 물들었다.

"날 막을 능력이 있다고 하지 않았던가?"

"그만둬요! 상관없는 사람이잖아요!"

사예랑이 소안살귀를 향해 달려들자 소안살귀는 미련없이 추자기를 쥐고 있던 손에 힘을 주입했다.

꽈지직!

"악!"

사예랑이 귀를 틀어막으며 주저앉았다.

너무나 선명한 소리였다, 추자기의 목뼈가 부러지는.

그는 아무런 잘못도 없는 사람이었다. 너무나 선량하고 순진한 어부였고, 죽어가던 자신을 구해준 생명의 은인이었다.

그런데 자신 때문에 이렇듯 허무하게 죽어버린 것이다. 생명이 이렇게 하찮을 수도 있는 것이었던가.

사예랑은 다리에 힘이 풀려 더 이상 도망갈 생각도 할 수 없었다. 그녀는 망연자실한 표정으로 그저 주저앉아 있을 뿐이었다.

"마음 같아선 네년도 이 자리에서 죽여 버리고 싶지만, 그동안 허비한 시간이 아까워서 참겠다. 하지만 마음이란 언제 바뀔지 모르는 것이지. 살고 싶다면……."

소안살귀가 더 말하기도 전에 사예랑은 후들거리는 다리를 일으켜 세웠다.

그가 어떤 사람인지는 방금 똑똑히 보지 않았는가. 얼굴색 하나 변하지 않고 사람의 목뼈를 부러뜨려 버릴 수도 있는 사람이었다. 그런 사람이 죽이고 싶다면 정말 죽일 것이다.

하지만 사예랑은 죽고 싶지 않았다.

"따라… 갈게요……."

두려움과 막막함으로 눈물을 뚝뚝 떨구며 말했다.

그때였다.

어디선가 낯선 음성이 그녀의 귓전으로 스며들었다.

"소저, 뒤로 물러나세요."

사예랑이 어리둥절한 얼굴로 주변을 둘러보자 낯선 음성이 다급하게 말했다.

"내색하지 마세요!"

"……!"

토끼처럼 동그란 사예랑의 눈망울이 불안하게 흔들렸다. 사람은 보이지 않는데 목소리만 들린 것이다. 더욱이 소안살귀는 아무런 소리도 듣지 못한 듯 무덤덤하게 자신을 쳐다보고 있었다.

"가자."

소안살귀가 싸늘하게 말하며 돌아섰다.

사예랑은 그를 따라 한 걸음 나서는 대신 뒤로 한 걸음 물러섰다. 자신이 조금만 허튼짓을 해도 그는 자신을 죽일지 모른다.

하지만 영영 돌아오지 못할지도 모르는 길을 무작정 따라나서고 싶지는 않았다. 작은 희망이라도 있다면 거기에 기대보고 싶은 게 사예랑의 솔직한 심정이었다. 어쩌면 환청일지도 모르지만 그녀는 자신의 귓전에 스며든 한마디의 말에 마지막 희망을 걸었다.

사예랑은 또다시 뒤로 한 걸음 물러섰다.

그러자 소안살귀가 싸늘한 얼굴로 그녀를 뒤돌아봤다. 사예랑은 심장이 오그라드는 느낌에 석상처럼 그 자리에 굳어버렸다.

"걷지 못하는 다리라면 없어도 되겠군."

소안살귀가 사예랑을 향해 정말로 지풍을 날리려 했다.

그 순간이었다.

쉬익.

바람을 가르는 소리와 함께 소안살귀의 등을 향해 한 자루 단검이 날아들었다.

"앗!"

너무나 기습적인 공격이라 미처 몸을 뺄 여유도 없었다. 사예랑을 향하던 소안살귀의 손이 다급히 등 뒤의 단검을 쳐냈다. 단검에 실린 힘 때문에 손바닥이 찢어지며 피가 흘렀다. 하지만 단검은 멈추지 않고 계속해서 날아왔다.

동시에 장죽산과 마건이 각각 검과 도를 휘두르며 소안살귀를 향해 쇄도했다.

"광동삼웅……!"

소안살귀가 얼굴을 찌푸렸다.

설마 하니 그들이 여기까지 자신을 쫓아올 것이라곤 전혀 예상치 못했다.

"거머리 같은 놈들이군."

하지만 그냥 무시하고 외면해 버리기엔 광동삼웅은 만만치 않은 상대했다. 게다가 그의 손에 부상을 당했던 전력이 있는 마건은 잃어버린 자존심을 회복하려는 마음에 처음부터 맹렬하게 도를 휘둘렀다.

세 사람의 기습적인 합공에 소안살귀는 주춤거리며 뒤로 물러서기만 할 뿐 마땅히 공격할 지점을 찾지 못하고 있었다.

실력으로는 광동삼웅보다 한 수 위인 소안살귀다.

그래서 광동삼웅도 기습으로 시작해 조금의 틈도 주지 않으려 맹렬하게 공격을 가하고 있는 것이다. 소안살귀도 민첩하게 그들의 공격을 피하며 틈틈이 칼날보다 예리한 지풍을 날렸다.

하지만 마건의 미친 듯이 퍼붓는 안령도의 공격과 장죽산의 예리하고 위협적인 검법, 거기다 종잡을 수 없게 날아드는 사문소의 단검은 소안살귀의 손발을 묶어놓기에 충분했다.

소안살귀의 싸늘하고 냉정한 얼굴이 점차 당혹감과 위기감으로 창백하게 변해갔다.

검광과 도광이 난무하는 가운데 소안살귀가 반격하는 지풍까지 더해 낡은 모옥은 흙먼지로 뒤덮였다.

느닷없는 칼부림에 겁에 질린 사예랑은 모옥의 앞에 주저앉은 채 파랗게 질려 있었다.

그때, 누군가 살며시 그녀의 손을 잡아끌었다. 사예랑이 흠칫 놀라며 돌아보니 동악이었다.

"너, 너, 너……!"

동악이 재빨리 손가락으로 입을 누르며 조용히 하라는 신호를 보냈다.

"조용히 하고 따라와."

동악이 마른 입술을 침으로 적시며 사예랑을 잡아끌었다. 두 사람은 모옥 뒤편의 낮은 담장을 넘어 집에서 빠져나왔다.

그리곤 죽을힘을 다해 마을을 향해 달리기 시작했다.

사예랑은 뭐가 어떻게 된 건지 답답하고 궁금해 죽을 지경이었다. 하지만 당장은 소안살귀를 피해 도망가는 것이 먼저였기 때문에 꾹 참았다.

동악은 언제 길을 익혀놨는지 사예랑의 손목을 잡은 채 순식간에 부둣가에 도착했다.

부둣가에는 마침 짐을 싣고 있는 배가 출항 준비를 하고 있었다.

"뭐가 어떻게 된 거야? 아까 그 사람들은 누구고?"

"지금 한가하게 그런 얘기나 하고 있을 때야?"

동악은 선장으로 보이는 중년인을 향해 다급하게 물었다.

"아저씨, 언제 출발하나요?"

"짐을 다 실으면 출발하지. 왜?"

"저희 좀 태워주세요."

"어디까지 가는 줄 알고?"

"어디라도 상관없으니까 태워만 주세요. 돈은 달라는 대로 드릴게 요."

중년인은 동악을 쭉 훑어봤다. 아직 어린 나이긴 하지만 질 좋은 비단옷을 입고 있는 모양새가 집 나온 부잣집 도련님쯤으로 보여졌다.

"금화라도 하나 주신다면 모를까……."

선장의 말이 끝나기도 전이었다.

"그럴게요."

동악이 넙죽 배에 올라탔다. 사예랑도 얼떨결에 동악을 따라 배에 올랐다. 배에 타자마자 사예랑이 물었다.

"어떻게 된 거야? 아까 그 사람들은 누구야? 그리고 넌 어떻게 여기까지 찾아온 거야?"

"누님!"

동악이 진지한 얼굴로 사예랑의 말을 막았다. 그러더니 느닷없이 사예랑을 와락 껴안았다.

"누님, 보고 싶었어. 누님이 무슨 일이라도 당했을까 봐 얼마나 애를 태웠는지 알아? 이렇게 다시 만난 걸 보면 우린 하늘이 맺어준 인연인가 봐."

"시끄러! 날 버리고 도망갈 때는 언제고!"

사예랑이 씩씩거리며 동악을 밀쳐 냈다.

"내가 누님을 두고 도망가다니! 그건 내 생애 가장 모욕적인 말이야!"

동악이 침까지 튀기며 광동삼웅을 데리고 온 얘기, 그리고 눈앞에서 그녀를 놓쳐 버린 얘기, 거기다 여기까지 쫓아오며 고생한 얘기들을 늘어놨다.

어찌나 절절하던지 듣고 있는 사예랑의 눈에 눈물이 다 맺힐 정도였다.

"그랬구나. 날 버린 게 아니었구나……."

"당연하지. 내가 내 목숨을 버리면 버렸지, 어떻게 누님을 버리겠어?"

감동의 말과 함께 동악이 다시 슬그머니 사예랑을 안으려 할 때였다.

피투성이가 된 마건을 부축하며 장죽산과 사문소가 부둣가를 향해 걸어오는 모습이 보였다.

"어, 온다!"

동악을 통해 그들에 대해 얘기를 들은 사예랑이 호들갑스럽게 달려갔다.

"어머나! 어떡해요. 많이 다치신 거예요?"

사예랑의 뒤에서 동악이 입을 쭉 내밀며 투덜거렸다.

"쳇! 덩치는 제일 크면서 무공은 제일 약한가 봐요. 맨날 혼자 다치는 거 보면."

지난번에도 소안살귀와의 격돌로 어깨에 심각한 부상을 입었던 마건이다. 그런데도 이번 역시 막무가내로 소안살귀를 향해 돌진했고, 덕분에 옆구리에 심각한 관통상을 입은 것이다.

하지만 그는 통쾌하다는 듯이 씨익 웃으며 대답했다.

"야, 임마. 그래도 내가 처리했어."

"예?"

맏형인 장죽산이 머리를 절레절레 저으며 덧붙여 말했다.

"기어코 자기 손으로 복수를 했어. 살을 주고 뼈를 취한 거지."

"그럼 그놈은……?"

사예랑의 물음에 마건이 이를 악물며 대답했다.

"죽었소."

사람이 죽었다는 말에 이렇게 큰 환희를 느끼게 될 줄이야.

사예랑이 가지런한 치아를 환히 드러내며 활짝 웃었다.

"살았다!"

그녀의 말이 신호라도 되는 듯, 그들을 태운 배도 주강을 따라 서서히 흘러가기 시작했다.

2

주강의 조용한 물길을 따라 이틀을 흘러온 배는 어느덧 남해와 연결되는 광주(廣州)에 도달했다.

지루한 배 여행에 지쳤는지 광동삼웅은 객잔에 들어가자마자 잠을 청했다. 물론 동악에게서 청옥소안불상을 넘겨받는 것은 잊지 않았다.

동악이 애지중지한 보물이 그들의 품에 안겨 그들과 함께 잠에 빠져 있는 것이다.

그들이 목숨 걸고 사예랑을 구해줄 때만 해도 불상 따위야 어찌 되든 상관없었지만, 지금은 상황이 변했다. 소안살귀는 죽었고, 사예랑은 자신 옆에 있지 않은가.

그렇다면 남은 일은 청옥소안불상을 되찾는 것뿐이었다.

뒷간 들어갈 때 마음이 다르고, 나올 때 마음이 다르다고 지금의 동악이 딱 그랬다. 사예랑의 마음도 비슷했다.

"어떻게 그 불상을 넘겨줄 수가 있어? 그게 얼마짜린데?"

"그럼 어떡해? 당장 누님 목숨이 위태로운데. 일단 사람부터 살려야지."

"그건 그렇지만… 불상이 없으면 무슨 돈으로 배를 구하냔 말이야."

"이왕 이렇게 된 거 지금이라도 불상을 되찾아올까?"

"넌 그렇게 겪고도 무림인을 모르겠냐? 목숨이 두 개가 아닌 다음에야 무림인은 건들지 않는 게 좋아."

사예랑이 입을 쭉 내밀며 깊은 한숨을 내쉬었다.

사예랑의 낙담한 얼굴을 보던 동악이 갑자기 씨익 웃었다.

"뭐야? 너 뭔가 있지?"

"내가 누구야?"

어깨를 으쓱하며 동악이 품 안에서 묵직한 금색 전낭을 꺼내 흔들었다.

"뭐야? 언제 챙긴 거야?"

"아까. 배 안에서."

배 안에서 훔쳤다면 광동삼웅의 전낭이란 얘기였다.

사예랑이 어이가 없어서 입을 쩍 벌렸다.

"그럼?"

"그 사람들은 어디서 잃어버렸는지 모르니까 괜찮을 거야. 거리에서 다른 사람한테 소매치기당했다고 생각하겠지."

"무림인은 손대지 말라니까!"

"걱정 마. 이건 어디까지나 빌린 거지 결코 훔친 건 아니라고."

"그래도 안 돼. 돌려줘. 아무리 돈이 급해도 그렇지, 목숨의 은인한 테 이러는 건 아니지. 도둑질에도 상도라는 게 있는 법이야."

"알았어. 돌려줄게. 벽리도에 다녀와서."

"벽리도에 가기도 전에 죽는 수가 있어."

"누님이 몰라서 하는 소린데, 그 형님들은 절대 날 죽이지 못해. 그 동안 든 정이 얼만데?"

못 말리는 녀석이다.

그렇게 정든 사이라면 훔친 물건도 도로 내놓는 게 도리건만 오히려 정을 미끼로 전낭을 슬쩍 해오다니.

그런데도 동악은 오히려 턱을 꼿꼿이 치켜세우며 큰소리를 쳤다.

"그 불상만 있으면 이깟 은자쯤은 푼돈이다, 뭐!"

동악의 큰소리에 사예랑도 이판사판인 심정이 돼버렸다.

어차피 지금 가장 다급한 일은 배를 타는 일이었다.

비록 소안살귀는 처치했지만 또 다른 사람들이 자신들을 쫓고 있을 지도 모를 일이었다. 보물이 아니라 그들을 피하기 위해서라도 두 사 람은 당장 배부터 타야 할 처지였다.

부둣가에서 벌써 반나절을 헤매고 다녔지만 배는 쉽게 구해지지 않 았다.

아무리 지도가 있다지만 잘 알려지지 않는 낯선 섬을 찾아가는 건 뱃사람들에게도 위험이 따르는 일인 것이다.

게다가 벽리도가 표시되어 있는 곳은 물길이 험해 어부들도 쉽게 접 근하지 않는 곳이었다. 그러니 유람선은 더 더욱 가려 하지 않았다.

한 시진을 더 헤매고 다닌 끝에야 두 사람은 정가라는 늙은 어부의 낡은 유람선을 구할 수 있었다. 고깃배를 대충 개조한 듯한 낡은 유람선이지만 그게 어딘가. 벽리도로 가주기만 하면 된다.

"당장 출발할 수 있는 건가요?"

"그러지 뭐. 바람도 잔잔한 게 배 띄우기는 딱 좋은 날이구만."

정가는 흔쾌히 출항에 동의했다.

사예랑과 동악은 콧노래까지 흥얼거리며 출항 준비를 하는 정가의 모습을 초조하게 지켜봤다.

일단 광동삼웅의 돈을 쓰기로 결정은 했지만 마음은 여전히 불안하고 편치 않았기 때문이다.

건량을 채우고 식수를 채워 넣으며 분주하게 움직이던 정가가 드디어 말했다.

"이제 됐소!"

지루하게 기다리던 동악이 기지개를 켜며 몸을 일으켰다.

"드디어 출발하는 건가요?"

"그럽시다."

정가가 예의 느릿한 손으로 닻을 올리고, 돛을 폈다. 그의 낡은 배가 서서히 부둣가에서 벗어나 바다를 향해 미끄러져 나가던 순간이었다.

허겁지겁 부둣가를 향해 달려오는 광동삼웅의 모습이 보였다.

동악과 사예랑은 순간적으로 선실 뒤로 몸을 숨겼다. 하지만 광동삼웅의 예리한 눈이 더 빨랐다.

"저기 있다!"

짧은 외침과 함께 막내 사문소의 몸이 허공을 날았다.

단검을 무기로 쓰는 만큼, 경공에 있어서도 일가견이 있는 사문소였다.

부둣가와 배의 거리는 이십여 장. 쉽지는 않지만 불가능한 거리도 아니었다.

일학충천(一鶴冲天)의 신법으로 바다를 훌쩍 건너뛴 사문소는 아슬아슬하게 배의 난간에 다리를 걸쳤다.

"헉!"

동악이 놀란 숨을 들이키며 그를 빤히 쳐다봤다.

"혀, 형님!"

사문소는 눈을 부라리며 동악의 멱살을 잡아 들었다.

"내 말에 사실대로 답해라."

"무, 물론이지요."

"우리들의 잃어버린 전낭에 네 녀석이 개입돼 있는 거냐?"

"그, 그럴 리가요."

"목숨 걸고 맹세할 수 있는 거지?"

어차피 거짓말로 점철된 인생. 두려울 게 뭐 있겠는가. 동악은 입술에 침도 바르지 않고 시원하게 대답했다.

"그럼요!"

"인연은 짧지만 우린 너와의 약속을 지켰어. 만약 네 녀석이 우리의 뒤통수를 친 거라면 내가 직접 네 녀석을 갈가리 찢어놓을 테다."

"……."

"정말 맹세할 수 있는 거지?"

"그, 그렇다니까요."

그제야 사문소는 움켜쥐고 있던 동악의 멱살을 풀었다.

"네 녀석의 말을 믿는다만 만약을 위해 다시 한 번 확인해 봐야겠다."

동악을 놓아준 사문소는 정가를 향해 다가갔다.

"이보시오, 노인장."

바다를 훌쩍 건너뛰어 배에 날아든 사문소의 신기를 본 후라 정가 역시 바짝 긴장해 있는 상태였다.

"말씀하십시오."

"저 녀석에게 받은 배 삯을 좀 봤으면 하오만."

"그러시지요."

정가가 동악에게 받은 전낭을 꺼내려는 순간이었다.

동악이 사문소를 향해 달려들더니 그의 바짓가랑이를 잡고 넙죽 무릎을 꿇었다. 말 한마디로 얼렁뚱땅 넘어갈 수 있는 상황이 아님을 깨달은 것이다.

"형님, 일단 내 얘기부터 들어보세요."

사문소의 눈빛이 차갑게 굳어졌다.

"뭐냐? 그럼 큰형님 말씀대로 정말 네 녀석이 우리들의 전낭에 손을 댔다는 거냐?"

"그게 다 이유가 있거든요."

파르르 떨고 있는 사문소의 귀에 그의 변명 따위가 들어올 리 없었다.

"우리는 정과 의리로 너를 대했건만, 네놈은 기어코 무덤을 팠구나!"

성난 사문소의 음성이 낡고 허름한 배 위에 쩌렁쩌렁하게 울려 퍼졌다.

"그게 아니라니까요."

다급해진 동악은 울상이 된 얼굴로 사예랑에게 구원을 청했다.

"누님, 왜 그러고 있어. 말 좀 해봐. 그게 아니라고 말 좀 해줘!"

정말로 억울하다는 듯 외치고 있는 동악의 모습에 사예랑은 오히려 어이가 없었다. 사문소의 말대로 은혜를 원수로 갚았으니 죽어도 할 말이 없고, 입이 열 개라도 변명할 여지가 없을 처지였다.

그런데도 동악은 억울해 죽겠다는 듯 답답한 표정을 짓고 있었다.

'내가 뭘 잘못 가르쳤나 봐.'

후회와 자책은 차차 할 일이고 당장은 동악을 구해내는 것이 먼저였다.

사예랑이 침착하게 사문소를 향해 입을 열었다.

"죄송합니다. 그 전낭이 대협들의 것인 줄 알았으면 절대 쓰지 않았을 것입니다."

사예랑마저 발뺌을 하려 하자 동악의 눈이 등잔만해졌다.

"하지만 그가 빌려온 것이라기에 의심을 하지 않았습니다. 동악아, 사실대로 말해 봐. 그 돈은 빌린 게 아니었니?"

"빌리긴 빌렸지. 허락을 받지 않아서 문제지……."

사문소가 헛바람을 들이키며 다시 말했다.

"허락을 받지 않고 빌렸다면 그게 훔친 게 아니고 뭐란 말이냐?"

인상을 찌푸리며 그는 정가를 향해 말했다.

"노인장, 일단 부둣가를 향해 배를 돌려야겠소."

"배는 원래 앞을 향해 가는 거요. 세상에 뒤를 향해 가는 배는 없지요."

정가가 사문소의 눈치를 힐끔 보며 대답했다.

"사례는 후하게 하겠소."

사문소의 이 한마디가 열 마디의 협박보다 오히려 효과가 좋았다.

"알겠습니다."

정가가 두말없이 배를 돌린 것이다.

'치사한 영감.'

동악이 그를 원망해 봐야 무슨 소용이겠는가. 배는 다시 부둣가를 향하고 있고, 그곳에는 장죽산과 마건까지 이를 갈며 자신을 기다리고 있을 텐데.

'에라, 모르겠다.'

동악은 어쩔 수 없이 자신이 가지고 있는 비장의 무기를 꺼내 들었다.

"이게 뭔지 아십니까?"

그가 들고 있는 것은 한 장의 낡은 지도였다.

"그게 뭔데?"

"청옥소안불상에 숨겨져 있던 보물 지도예요."

"보물 지도?"

동악은 혹시 지나가는 새라도 들을새라 주변을 두리번거리더니 은밀하게 속삭였다.

"사실은 누님이 쫓긴 것도 모두 이 지도 때문이거든요."

"그런데?"

"청옥소안불상은 이 지도를 숨기기 위한 도구일 뿐이었다구요."

"그래서?"

"이 보물만 찾으면 형님들도 작은 표국이 아니라 처음부터 거대한 표국을 지을 수 있는 거잖아요."

표국이란 말이 나오자 처음으로 사문소의 얼굴에 흥미가 어렸다.

"내가 네 녀석 말을 어떻게 믿냐?"

잠자코 듣기만 하던 사예랑이 비장하게 한마디 거들었다.

"제가 보증하겠습니다."

"……!"

사문소가 어찌 알랴.

동악이나 사예랑이나 거기서 거기인 사람들이란 사실을.

동악에게 거리에서 살아남는 법을 가르쳐 준 사람이 사예랑이 아닌가. 하지만 사문소의 마음은 움직였다. 설마 하니 사예랑 같은 미인이 거짓말 따위를 할 거라고는 생각지 않는 사문소였다.

그리고 한 시진 후, 어느덧 노을이 내려앉기 시작하는 바다로 나가는 정가의 배는 훨씬 더 무거워져 있었다.

동악과 사예랑 외에 광동삼웅이 이 배의 새로운 손님이 된 것이다.

"우리가 정말 잘하는 일일까?"

맏형 장죽산이 여전히 영문을 모르겠다는 얼굴로 물었다.

둘째 마건이 히죽 웃으며 대답했다.

"저 녀석한테 홀린 건 맞는데 어쩌겠수? 난 저 녀석의 거짓말이 맘에 드는 걸."

막내 사문소는 말없이 웃기만 했다.

제아무리 눈물, 콧물 동원해 일장 연설을 했다고 해서 동악의 거짓말에 넘어갈 광동삼웅이 아니었다.

그들을 움직인 것은 동악의 거짓말이 아니라 새로운 일에 대한 호기심과 동경이었다.

표사로 일생을 보내기엔 너무나 짧은 인생 아닌가. 일생에 한 번쯤은 모험을 해보는 것도 괜찮을 것이란 게 그들의 공통된 의견이었다.

사예랑과 동악은 난생처음 나와 보는 망망대해에 넋을 잃고 있었다.

제3장

애끓는 모정(母情)

1

하늘은 높고, 바람은 고요하고, 파도는 잔잔했다.

닷새간의 항해는 그렇게 고요한 바다 위를 조용히 전진했다. 뱃멀미 때문에 닷새 중 사 일을 누워서 토하고, 또 토한 동악을 제외하면 모두에게 평화롭고 조용한 여행이었다.

드디어 항해가 끝나고 멀리 벽리도가 보이기 시작하자 동악은 누렇게 뜬 얼굴로 갑판 위에 기어나왔다.

"내가 두 번 다시 배를 타면 동악이 아니라 악동이다, 악동이야!"

"푸후훗! 그럼 넌 저 섬에서 살려고?"

"차라리 저 섬에서 살면 살았지, 두 번 다시 배는 안 타!"

동악의 외침에 둘째 마건이 정색을 하며 말했다.

"잘 생각했다. 어차피 저 섬에 보물이 없으면 영원히 저기서 살아야 될 테니까 미리 마음의 준비를 하는 것도 괜찮지."

설마 하면서도 왠지 마음 한쪽이 뜨끔해진 동악이 힐끔 그를 쳐다봤다. 그러자 마건은 더욱 얼굴을 굳히며 그를 노려봤다.

"각오는 했겠지?"

동악이 샐쭉한 표정으로 사예랑에게로 시선을 옮겼다.

'각오는 무슨.'

그런 걸 할 리가 없는 동악이었다.

보물이 없다는 생각은 해본 적도 없지만, 설사 없다 해도 자신이 한 말을 지킬 동악이 아니지 않은가.

그가 각오라는 걸 해본 적이 있다면 반드시 보물을 찾아내겠다는 것 정도였다.

반면 이미 벽리도에 시선을 고정시킨 사예랑의 마음은 현각에 대한 그리움으로 가득했다. 현각의 실종에 대한 비밀이 벽리도에 있을 거란 그녀의 짐작은 벽리도에 내려서는 순간, 확신으로 변해 있었다.

이유는 없다. 단지 여자의 직감이 그렇다고 말하고 있을 뿐.

'무슨 일인지는 모르겠지만 내가 구해줄 거야. 조금만 기다려.'

벽리도에 상륙하는 사예랑은 마음이 조급해졌다.

"열흘 후에 데리러 오면 되죠?"

정가는 배에서 내리지도 않은 채 물었다.

"여기서 광주까지 가는 시간이 닷새, 다시 오는 시간이 닷샌데 그냥 정박해 있지 그러시오?"

장죽산의 말에 정가가 머리를 절레절레 저었다.

"오는 동안 말씀드리지 않았습니까? 귀신이 사는 섬이라고."

정가가 정색을 하며 말했다.

장죽산은 말없이 피식 웃었다. 원래 거친 바다와 살아가는 어부들은 미신에 민감한 사람들이 아닌가.

"편한 대로 하시오."

열흘 후에 다시 그들을 데리러 오겠다는 약속을 한 채 정가의 배는 다시 바다로 미끄러져 나갔다.

다섯 명은 해변가에 선 채 멍하니 벽리도를 쳐다봤다.

"귀신이 사는 섬이라……?"

동악이 씨익 웃었다.

분명히 누군가 보물을 지키기 위해 만들어낸 거짓말일 것이다. 귀신이 산다는 말은 보물섬이란 그의 믿음에 확신을 더해주었다.

벽리도는 울창한 숲으로 덮인 작은 섬이었다. 인적은 없지만 아름다운 자연과 눈부시도록 환한 백사장이 펼쳐져 있었다. 그리고 숲의 뒤편에 겹겹이 펼쳐져 있는 기암절벽은 망루의 역할을 하기에 딱 좋아 보였다.

'딱 보물을 숨겨놓기에 좋은 섬이구나.'

모두들 섬의 아름다움을 감상하고 있는데 동악이 일행을 재촉했다.

"뭣들 하고 있는 거예요? 이 숲을 다 뒤지려면 열흘도 촉박하다구요."

동악이 섬을 향해 일행의 손목을 잡아끌었다.

숲 안으로 들어서자 섬의 신비로움은 한층 더해졌다. 숲을 가득 메운 과실수며, 숲 사이를 누비는 투명하도록 맑은 냇물은 사람이 오기만 기다리고 있었던 듯했다.

뱃멀미에 지쳐 있던 동악은 닥치는 대로 과일을 따 먹으며 환호성을 질렀다.

"여긴 완전히 별천지네. 이런 데라면 혼자 살 수도 있겠는데요?"

보물 따위는 잠시 잊은 듯 동악은 어린아이답게 숲을 뛰어다니며 즐거워했다.

하지만 사예랑은 처음부터 이 섬이 보물섬일 거라고 생각하지 않았다. 그녀는 반드시 이곳에 현각의 흔적이 있을 거라고 생각했다. 그래서 인적을 찾기 위해 눈을 부릅떴다.

분주하게 숲을 뒤지는 것은 광동삼웅도 마찬가지였다. 누군가 보물을 숨겨놨다면 흔적을 남겼을 테니 그것을 찾는 게 우선이었다.

동악이 혼자 숲을 즐기고 있는 동안, 네 사람은 제각기 흔적을 찾아 숲을 누볐다.

하지만 가장 먼저 인적을 찾아낸 것은 우습게도 동악이었다.

"여기 좀 보세요!"

동악이 찾아낸 것은 작은 목각 인형이었다. 사람의 형상을 하고 있는 목각 인형은 사람이 정성스럽게 깎아낸 것이 분명했다. 그것도 최근에 만들어진 듯 나무의 향이 고스란히 남아 있었다.

"그것 봐! 내가 뭐랬어? 분명히 사람이 있을 거라고 했지?"

목각 인형을 보자마자 사예랑이 흥분해서 외쳤다.

그녀의 외침에 사문소가 눈살을 찌푸리며 되물었다.

"보물섬이라고 하지 않았소?"

"보물을 가지고 있는 사람일 거예요."

동악이 재빨리 대답했다.

모두 긴장한 표정으로 숲을 둘러봤다. 보물이 있든 없든 사람이 있는 것만은 분명한 것이다.

사예랑 일행이 사람을 찾아 섬을 헤매고 있는 동안, 눈부신 백사장을 향해 또 한 척의 배가 다가오고 있었다.

갑판에서 싸늘한 웃음을 짓고 있는 사람은 다름 아닌 장면이었다.

비록 자신의 비밀 수하 대부분을 잃었지만 그가 미리 뿌려놓은 돈의 위력은 컸다. 사예랑을 쫓아간 사람은 소안살귀뿐이었지만, 뒤에 동악을 쫓아간 사람들은 몇 명 더 있었던 것이다.

동악은 자신이 추적당한다는 생각은 전혀 하지 않았기 때문에 사예랑처럼 은밀하게 움직이지도 않았다. 더욱이 광동삼웅까지 동행하고 있었으니 그의 행적을 추적하는 것은 너무나 쉬웠다.

하지만 장면은 섣불리 모습을 드러내지 않았다.

그는 침착하게 두 사람을 지켜봤고, 그들이 뭔가 목적을 가지고 배를 타는 사실에 주목했다. 광동삼웅까지 그들의 배 여행에 동참하는 것은 장면을 더욱 자극시켰다.

'내가 모르는 뭔가를 알고 있는 거야.'

장면은 그들을 잡는 대신, 은밀히 그들의 항해를 쫓아왔다.

정가의 배에 슬쩍 만리향을 뿌렸고, 훈련된 독수리를 하늘에 날렸다. 장면이 쫓아온 것은 바로 그 독수리였다.

만리향을 따라 비행하는 독수리가 그의 길잡이 노릇을 해준 것이다.

섬이 보이기 시작하자 장면은 선장에게 물었다.

"저 섬의 이름이 뭔가?"

"글쎄요. 지도에도 없는 섬이라서……."

"지도에도 없는 섬이라고?"

"예. 아까 오전에 지나오면서 봤던 섬 있지요? 새어도라는 섬인데요… 한동안 귀신이 산다는 소문이 돌았었거든요. 섬에 들어갔다가 살아서 돌아온 사람이 없었으니까."

"돌아온 사람이 없다……? 그게 언제쯤 일인가?"

"글쎄요. 삼십 년 전부터래나, 사십 년 전부터래나……. 하여간 제가 배를 타기 전부터 전해온 소문이거든요. 그때부터 뱃사람들은 새어도 근처에도 안 왔죠. 워낙 미신에 민감하니까. 근데 새어도 뒤에 이런 섬이 또 하나 있는 줄은 몰랐네."

장면은 속으로 싸늘하게 웃었다.

누군가 살고 있다는 얘기였다. 철저히 자신의 정체를 숨기기 위해 섬에 접근하는 사람들을 죽였던 모양이다. 그렇다면 무림인일 가능성이 높다.

'수십 년간을 숨어서 살아야 하는 무림인이라?'

쉽게 떠오르는 사람은 없지만 만만치 않은 상대임은 분명했다.

벽리도가 가까워질수록 장면의 긴장과 흥분도 차츰 고조되고 있었다.

"저기 좀 보세요."

동악이 손짓하는 곳에는 오래된 전각이 있었다.

오랜 시간 동안 사람의 손길이 닿지 않은 듯 빛바랜 단청 위로 수북이 먼지가 쌓여 있었다. 하지만 처음부터 공들여 지은 집인 듯 부서지

거나 무너진 곳은 하나도 없었다. 게다가 해변에서 날라온 듯한 하얀 모래를 깔아놓은 마당은 너무나 정갈해 보였다.

"아직도 사람이 살까요?"

사예랑의 질문에 장죽산이 정색을 하며 대답했다.

"사는군."

장죽산의 시선이 머무르는 곳은 수북이 쌓여 있는 잿더미 위였다. 가볍게 흩날리는 재는 불을 끈 지 얼마 되지 않았다는 증거였다.

"도대체 누가 이런 데서 혼자 사는 걸까?"

신기해하는 사예랑이나 동악과 달리 광동삼웅은 일제히 무기를 꺼내 들며 경계 태세를 취했다.

"왜 그러세요?"

동악이 화들짝 놀라며 장죽산의 옷자락 뒤로 숨었다.

"지금까지 발자국 비슷한 거라도 본 적이 있었냐?"

"없었죠."

마건이 놀란 사예랑을 향해 설명하듯 말했다.

"모래 위로도 발자국을 남기지 않고 다닐 수 있다면 최소한 우리보다 고수인 사람이 살고 있다는 거요."

사예랑과 동악의 시선이 동시에 바닥을 향했다.

모래가 깔려 있는 마당에는 그들의 발자국만이 어수선하게 흩어져 있을 뿐, 주인의 흔적은 없었다.

"다른 데 길이 있는 거 아닐까요? 날아다니지 않고서야 모래에 발자국이 없을 수 없잖아요."

동악의 순진한 말에 장죽산이 정색을 하며 말했다.

"경공의 고수에겐 가능한 일이야."

"그럼… 소안살귀보다 더 강한 사람일까요?"

사예랑의 순진한 질문에 사문소가 눈을 빛내며 대답했다.

"소안살귀처럼 악랄한 사람이 아니기만 빌어야 할 거요. 그렇다면 우리 모두 죽은 목숨이니까."

동악과 사예랑은 마른침을 꿀꺽 삼키며 전각과 숲을 훑어봤다.

조금 전까지 별천지처럼 아름답고 평화롭게 보이던 숲이 이제는 음산하고 공포스러운 곳으로 느껴졌다.

조용한 숲을 따라 한줄기 바람이 스쳐 갔다. 바람 소리에도 사예랑과 동악은 몸을 움츠렸다.

광동삼웅의 긴장이 높아질수록 두 사람이 느끼는 공포심도 더욱 커졌다. 어느 순간엔가 사예랑은 동악의 손을 꼭 움켜쥐고 있었다.

떨리고 긴장된 가운데서도 동악은 사예랑이 자신에게 의지하고 있다는 사실에 흐뭇함을 느꼈다.

그때였다.

한줄기 강력한 바람이 숲을 스치고 갔다. 그리곤 마치 유령처럼 한 명의 중년 여인이 나타났다. 눈가를 겹겹이 메운 깊은 주름과 희끗희끗한 머리, 거기다 누더기 같은 옷과 초점없는 눈동자의 괴여인이었다.

불안정하게 흔들리던 중년 여인의 눈동자가 일순간 그들에게 고정되더니 점점 싸늘하게 변해갔다.

"이 도둑놈들! 내 아들 내놔!"

느닷없는 중년 여인의 외침에 일행 모두 어리둥절한 표정이 되었다.

"어르신, 뭔가 오해가 있으신 모양인데 저희는……."

장죽산이 뭐라 대답을 하려는 순간, 중년 여인이 움직였다.

그녀는 천천히 걸어오는 것 같지만 막상 일행을 향해 다가오는 속도는 쏜살같았다. 그녀가 움직이는 것을 보면서도 광동삼웅 모두 전혀 방비할 여유조차 없었다. 마치 바람처럼 일행을 향해 다가온 중년 여인은 다짜고짜 손을 쓰기 시작했다.

쫙 펼쳐진 다섯 손가락이 장죽산의 가슴을 노리며 좌수는 마건의 손목을, 그리고 학처럼 뒤로 뻗은 다리는 사문소의 어깨를 향해 뻗어졌다.

세 명은 허리를 꺾고, 손을 비틀고, 몸을 날리며 간신히 중년 여인의 공격을 피해냈다.

하지만 중년 여인은 더욱 민첩하게 세 사람 사이를 오가며 공격을 펼쳐 냈다. 그녀는 마치 유령인 듯 허공을 떠다니며 공격을 가하는데 백여 초를 전개하는 동안 한 번도 발이 바닥에 닿지 않았다. 게다가 세 사람을 상대로 조금도 밀리는 기색이 없었다.

오히려 그녀의 공격을 피하느라 진땀을 흘리고 있는 것은 광동삼웅이었다.

산발한 머리와 함께 쌍수를 맹렬히 휘저으면서 중년 여인은 연신 외쳤다.

"내 아들! 내 아들을 내놔—!"

중년 여인의 외침과 더불어 눈에 담긴 광기도 점점 커져 갔다. 광기가 커지는 것과 동시에 그녀의 몸에서 뿜어지는 내공도 점점 강렬해졌다.

전각의 구석에 숨어 있던 사예랑과 동악은 숨을 쉬는 것조차 어려울 지경이었다.

"안 되겠어. 숲으로 도망가자."

동악은 어떻게든 이 자리를 피하고 싶었다.

하지만 사예랑은 중년 여인의 애절한 외침 때문에 자리를 피할 수 없었다.

'그녀가 말하는 아들이 혹시 현각일까?'

그렇다고 하기엔 중년 여인의 나이가 너무나 많았다.

현각의 어머니가 오절신녀 화서린인 것은 누구나 아는 사실이었다. 그녀가 살아 있다 해도 이제 겨우 마흔쯤 되었을 것이다. 아무리 고생을 했다 하더라도 저 중년 여인처럼 깊은 주름이 생겨날 나이는 아닌 것이다.

무엇보다 저 중년 여인이 화서린일 수 없는 이유는 그녀의 죽음을 지켜본 사람이 너무나 많다는 사실이다. 화서린은 분명히 죽었다. 그러니까 저 중년 여인이 찾는 아들도 현각은 아닐 것이다.

'도대체 뭐가 어떻게 된 거지?'

현각의 종적을 찾아온 곳에서 느닷없이 미친 중년 여인의 공격을 받고 있는 모양이라니. 더욱이 그 중년 여인 또한 애절하게 아들을 찾고 있지 않은가.

뭔지는 모르겠지만 그녀가 생각하는 것 이상으로 복잡한 내막이 숨어 있는 것만은 분명했다.

호기심을 참지 못한 사예랑이 에라 모르겠다 싶은 심정으로 마당에 뛰어들었다.

"저기, 어르신!"

중년 여인의 번뜩이는 눈빛이 사예랑을 향했다. 사예랑은 재빨리 동악의 손목을 잡아끌며 그녀 앞으로 내세웠다.

"어르신의 아들이 이 사람인가요?"

"누님, 미쳤어? 왜 이래?"

사색이 된 동악이 사예랑의 손목을 뿌리쳤다. 하지만 중년 여인이 한 걸음 더 빨랐다. 움직이는 게 보이지도 않았는데 그녀의 손은 어느덧 동악의 어깨를 잡고 있었다.

"헉!"

동악은 숨도 쉬지 못한 채 바들바들 떨었다.

중년 여인은 어느덧 광기가 지워진 처연한 눈빛으로 동악을 쳐다보고 있었다. 그리곤 조금 전까지 광동삼웅을 향해 무지막지하게 휘두르던 손으로 동악의 얼굴을 찬찬히 쓰다듬었다.

"내 아들… 내 아들……."

동악은 숨 막히는 공포로 입 안이 바짝바짝 타 들어갔다. 그는 광동삼웅을 향해 애절한 구원의 눈빛을 보냈다.

광동삼웅도 이 어이없는 상황에 어찌할 바를 모르고 서로 눈빛만 주고받았다.

하지만 사예랑은 느낄 수 있었다. 그녀의 광기는 오로지 아들을 잃어버린 절망과 외로움 때문이었음을.

누구든 아들을 대신할 수 있는 사람만 있다면 그녀의 광기도 억누를 수 있을 것이다. 그리고 차근차근 대화를 해 나가면 된다.

사예랑이 조심스럽게 중년 여인을 향해 말을 걸었다.

"아들과 얼마 만에 다시 만나신 거예요?"

중년 여인은 사예랑의 말을 듣지도 못한 듯 동악을 향해 중얼거리듯 말했다.

"엄마가 가지 말랬잖아. 가면 안 된다고… 돌아오지 못할 거라고 엄마가 그랬잖아……."

사예랑은 포기하지 않고 다시 물었다.

"어딜 갔는데요?"

"……!"

갑자기 중년 여인의 눈이 번뜩였다. 처연하던 눈동자에 다시 광기가 스며든 것이다. 그녀의 눈빛과 정면으로 마주한 동악은 숨이 멎을 지경이었다.

"넌… 누구냐……?"

"저, 전……."

"내 아들은 어딨어? 우리 연이는 어딨냐고?!"

동악을 쓰다듬던 그녀의 손에 힘이 들어갔다.

"으악!"

동악의 비명과 동시에 광동삼웅이 일제히 그녀에게 달려들었다. 중년 여인도 한층 분노가 높아진 모습으로 그들을 향해 손을 내질렀다.

"이 도둑놈들!"

그녀의 강력한 내공이 실린 장풍에 세 사람은 달려오던 속도 그대로 뒤로 튕겨졌다. 중년 여인의 손짓 한 번에 광동삼웅이 추풍낙엽처럼 나가떨어진 것이다.

'이젠 죽었구나……!'

동악이 털썩 주저앉았다.

사예랑도 어찌할 바를 모른 채 중년 여인 앞에 재빨리 무릎을 꿇었다.

"살려주십시오! 저분들은 아무런 잘못도 없어요! 어르신의 아들과 전혀 관계가 없는 분들입니다!"

하지만 중년 여인은 동악도 쳐다보지 않았고 사예랑의 말도 듣지 않았다.

그녀는 넋 나간 사람처럼 한 지점을 응시했다. 그녀의 시선을 잡은 것은 장죽산의 옷 사이로 슬며시 드러난 청옥소안불상이었다.

중년 여인이 장죽산을 향해 터덜터덜 걸어갔다. 그리곤 그의 품에서 청옥소안불상을 꺼내 들었다. 청옥소안불상을 꺼내 드는 그녀의 손길이 파르르 떨렸다. 입술도 떨리고, 눈동자도 떨렸다.

"……."

어느덧 그녀의 눈엔 광기 대신 눈물이 가득 차 있었다. 눈가에 자리 잡은 깊숙한 주름을 따라 눈물이 흘러내리기 시작했다.

그녀의 눈물은 그녀를 지배하고 있던 광기마저 씻어버린 듯 점차 차분하게 가라앉았다. 광기를 걷어낸 그녀는 마치 다른 사람인 듯 차분하고 침착하게 입을 열었다.

"연이는 오지 않고 이 불상만 돌아왔구나."

중년 여인의 눈물이 한층 뜨겁게 흘러내렸다.

"……?"

그녀는 마치 잃어버린 아들 대신이기라도 한 듯 불상을 꼭 껴안았다. 하지만 그깟 작은 불상 하나가 어찌 아들을 대신하랴.

중년 여인은 여전히 눈물을 흘리며 일행을 향해 물었다.

"자네들은 우리 연이와 무슨 사이인가?"

일행은 직감했다.

자신들의 대답 한마디가 그녀의 광기를 완전히 잠재울 수도 있고, 혹은 되살릴 수도 있음을.

사예랑이 신중하게 대답할 말을 고민하고 있는데 중년 여인이 먼저 물었다.

"일행이 또 있는가?"

"예? 아, 아니오."

중년 여인의 눈이 다시 번뜩였다. 하지만 아까와 같은 광기는 아니었다.

"일행이 아니면 쥐새끼인가 보군."

중년 여인이 옷자락을 휘날리며 숲을 향해 몸을 날렸다.

2

"헉!"

숲에 몸을 숨긴 채 아래를 내려다보던 장면이 깜짝 놀랐다.

자신은 완벽하게 기운을 숨겼다고 생각했는데 중년 여인이 눈치 챈 것이다. 그렇다면 중년 여인은 자신보다 더 고수란 말이 아닌가.

독묘산장에서 기연을 만나 무공의 급진전을 이룬 장면이다. 정면으로 중년 여인과 대적해 자신의 실력을 확인해 보고 싶은 욕심도 있었다.

하지만 지금은 호승심에 사로잡혀 만용을 부릴 때가 아니었다.

천도문을 등진 채 먼 길을 떠나온 그에게도 천도문에 관한 소문은 끊임없이 들려왔다. 형님은 물론이고 아버지마저 현각에게 패해 생을 마감했다.

안타깝기는 하지만 장면에게는 드디어 천도문을 취할 완벽한 기회가 생겨난 것이다. 현각이 가짜인 것만 밝혀내면 천도문은 송두리째 자신의 손에 들어올 테니까.

이런 기회를 눈앞에 두고 한낱 호승심에 사로잡혀 일을 그르칠 수는 없지 않은가. 중년 여인의 정체가 밝혀질 때까지는 일단 거리를 두는 게 안전할 것이다.

장면은 지체하지 않고 몸을 피했다.

하지만 경공에 관한 한 중년 여인은 독보적인 경지에 이르러 있었다. 바람처럼 숲을 가로지른 중년 여인이 순식간에 그의 앞을 가로막아 버린 것이다.

"네 이놈……!"

무섭게 일갈하던 중년 여인이 갑자기 멍하니 굳어버렸다.

영리한 장면도 중년 여인의 종잡을 수 없는 행동에 당황한 채 잠시 멈추어 섰다. 그녀가 자신을 바라보는 눈빛은 낯설지 않았다.

마치 오랜만에 다시 만난 사람을 대하는 듯한 반가움과 그리움이 뒤섞인 혼란스러운 눈빛으로 자신을 바라보고 있는 것이다.

한참을 멍하니 바라보기만 하던 중년 여인이 이윽고 무거운 입을 열었다.

"오라버님……."

"……?"

의아한 가운데서도 장면의 영리한 머리는 멈추지 않고 생각을 이어 갔다.

'오라버님이라고?'

그는 자신이 유독 아버지인 장승운과 많이 닮았었다는 사실을 상기했다.

'나를 아버님으로 착각하는 거구나.'

"오라버님이 여기에 어떻게……?"

멍하니 눈을 치켜뜨던 중년 여인이 갑자기 머리를 저으며 고통스럽게 말했다.

"안 돼요! 오라버님은 여기에 오시면 안 돼요!"

중년 여인의 정체에 대한 장면의 호기심과 의문은 점점 커졌다. 일단 분명한 것은 장승운에 대한 그녀의 감정이 나쁘지 않다는 사실이었다.

그렇다면 자신의 정체도 숨길 필요가 없었다.

장면은 중년 여인을 향해 정중하게 인사를 하며 말했다.

"어르신께서 말씀하시는 오라버님이 제 아버님 되시는 것 같군요."

"아버님? 하면 너는……."

"아들입니다."

"승운 오라버님의 아들이란 말이냐?"

"그렇습니다."

중년 여인의 깊은 주름 사이로 애정과 설움이 겹겹이 묻어 나왔다.

"그랬구나. 핏줄이었어. 그래서 이렇듯 마음이 울렁이는 거였어……."

'핏줄이라고?'

그가 알고 있는 가족은 아버지와 장승풍이 전부였다. 그들 형제에게 또 다른 가족이 있다는 얘기는 전혀 들어본 적이 없었다.

하지만 중년 여인은 장승운을 마치 친오빠처럼 다정하게 불렀다. 게다가 자신보고도 핏줄이라 하고 있었다.

'내가 모르는 비밀이 있는 게로구나.'

장면은 설레임 속에 중년 여인의 다음 말을 기다렸다. 한데 그리움으로 북받쳐 오르던 중년 여인의 눈빛이 얼음장처럼 차갑게 변하는 게 아닌가.

"넌 여기에 오면 안 돼! 날 만나지 말았어야 해……!"

중년 여인은 다시 광기에 젖어들고 있었다. 광기와 함께 그녀의 내공도 모아졌다. 당장이라도 폭발할 듯한 강력한 내공이 그녀의 전신으로 감돌고 있는 것이다.

장면은 당황하지 않았다. 오히려 침착하게 그녀의 광기를 잠재울 방법을 찾았다.

'열쇠는 아버님께 있다!'

자신의 얼굴만 보고도 그리움에 목이 메였던 중년 여인이 아닌가.

장면은 그녀의 눈을 마주하며 단호하게 말했다.

"아버님의 유언 때문에 어쩔 수 없었습니다. 죽기 전에 반드시 어르신을 찾으라고 말씀하셨습니다."

그의 말은 효과가 있었다. 그녀의 전신으로 파도처럼 몰아치던 내공이 썰물처럼 순식간에 빠져나갔으니까.

"유언? 하면 오라버님이 죽었단 얘기냐?"

극단을 치달리는 그녀의 감정 때문에 장면은 한마디, 한마디가 조심스러웠다. 중년 여인을 자극시키지 않기 위해 조심스럽게 대답했다.

"예, 안타깝게도 지병으로……."

중년 여인이 아련한 표정으로 장면을 쳐다봤다.

"편안히 가셨느냐?"

"예."

"나에 대해서도 말씀하셨고?"

"자세히는 듣지 못했습니다. 단지 누이가 있으니 꼭 찾으라고만……."

장면은 슬쩍 말을 얼버무리며 중년 여인의 눈치를 봤다. '누이' 라는 말에 중년 여인은 아무런 감정의 기복도 보이지 않았다.

'정말로 친남매란 말인가?'

"나에 대해 알고 있느냐?"

"많이 알지 못합니다."

중년 여인이 착잡한 표정으로 머리를 끄덕였다. 어찌 보면 안도하는 것도 같고, 또 어찌 보면 괴로워하는 것처럼 보이기도 했다.

그녀의 극단적인 감정만큼이나 표정도 종잡기 어려웠다.

하지만 광기에서는 벗어난 듯 그녀는 편안한 목소리로 물었다.

"밥은 먹었더냐?"

헝클어진 머리를 다듬고, 누더기 같은 옷을 벗어버린 중년 여인은 완전히 다른 사람으로 변했다. 슬픔과 그리움에 깊숙이 자리잡은 주름만 아니라면 아름답다고 할 만한 미색의 여인이었다. 게다가 우아한 몸짓과 말투 어디에도 광기는 느껴지지 않았다.

하지만 그녀를 바라보는 사람들 모두는 여전히 불안하고 위태로웠다.

그녀가 손수 차려준 저녁 식탁을 대하면서도 그들의 불안감은 여전히 씻기지 않았다. 거기다 일행 서로 간의 경계심 또한 저녁 식사의 긴장감을 높이고 있었다.

사예랑과 동악은 갑작스럽게 출연한 장면이란 사내의 정체를 놓고 긴장과 의심을 풀지 못했다. 장면 또한 그들이 벽리도에 온 이유를 추측하느라 머리 속이 복잡했다.

광동삼웅은 장면의 강력한 내공을 느끼며 긴장을 늦추지 못했다.

그리고 무엇보다 그들 모두를 긴장시키는 것은 중년 여인의 상태였다. 그녀는 광기 넘치는 모습으로 나타나 지금은 자상한 어머니처럼 그들에게 저녁을 대접하고 있었다.

하지만 언제 다시 폭발할지 모르니 모두들 살얼음판을 걷는 기분이었다.

긴장 속의 정적을 깨며 먼저 말문을 연 것은 중년 여인이었다.

"나도 내 정신이 온전치 못하다는 것을 알고 있네."

"……."

"내 머리 속의 평화가 언제까지 지속될지도 모르니, 하고 싶은 말이 너무 많군."

조용하게 가라앉은 그녀의 눈은 너무나 깊고 그윽했다. 이 외딴 섬에서 긴 세월을 홀로 살아온 여인의 외로움은 그녀의 눈을 더욱 깊게 만들어놓았다.

"내가 이 섬에 들어온 것은 내 아들을 보호하기 위해서였네."

"……?"

"외롭긴 했지만 어린 아들이 커가는 모습을 지켜보는 건 내게 큰 위안이었네. 하지만 그것도 잠시뿐이었지."

여인은 담담히 말했지만 사예랑이나 장면은 입 안이 바짝바짝 타 들어갔다. 여인의 입에서 나오는 말이 현각의 이야기임을 알고 있기 때문이었다. 이유는 서로 다르지만 두 사람의 공통된 목적은 현각에 대해 알고자 하는 것이니까.

"연이는 세상을 그리워하기 시작했어. 더 이상 나의 만류도 소용없을 지경이 되었다네. 결국 그 아이는 세상을 향해 떠나 버렸지."

여인은 말과 함께 긴 한숨을 내쉬었다.

조급함을 참지 못한 동악이 여인에게 물었다.

"그럼 이 불상이 어르신의 아들과 상관있는 건가요?"

"내가 가진 유일한 보물이었거든. 내 아들이 가지고 간 유일한 물건이기도 했고."

여인의 시선이 동악과 사예랑을 향했다.

"이젠 자네들이 말할 차례이네. 어떻게 이 불상을 손에 넣게 된 거지?"

사예랑은 현각의 실종과 그를 찾기 위해 한 대인의 집에 들어갔다가 불상을 손에 넣게 된 얘기를 해줬다. 그리고 긴 설명의 끝에 덧붙여 물었다.

"혹시 현각이 어르신의 아들인가요?"

여인이 소리없이 웃었다.

"연이가 이 섬을 나갈 때가 열여덟 살이었네. 그게 벌써 이십 년 전의 일이야."

"이십 년 전이라고요?"

사예랑과 장면의 머리 속엔 동시에 같은 생각이 스쳐 지나갔다.

'그자가 현각의 아버지겠구나!'

그렇다면 그가 장천과 닮은 것도 아주 우연은 아니었다. 어쨌거나 같은 핏줄이니까 가능했던 일인 것이다. 물론 단지 핏줄이란 말로 설명하기엔 지나치게 닮긴 했지만.

꼬리에 꼬리를 물고 생각을 이어가는 장면을 향해 여인이 다시 물었다.

"이번엔 너에게 물어볼 것이 있다."

"말씀하십시오."

"오라버님이 내 이야기를 한 적이 있었느냐?"

장승운은 끝까지 여동생에 관한 이야기를 한 적이 없었다. 장승풍 또한 마찬가지였고.

두 형제와 오누이 사이엔 자식들에게 말하지 못할 기구한 사연이 있었던 모양이다. 그 비밀을 알아내는 것은 차츰 하면 될 일이다.

장면은 솔직하게 대답했다.

"아니오. 외람된 말씀이지만 고모님의 존재는 전혀 모르고 있었습니다. 임종 직전에야 고모님을 찾아보라고 말씀하셔서 저도 놀랐었습니다."

임기응변으로 한 말이지만 장면의 말이 완전히 거짓은 아니었다. 장승운이 죽기 직전의 순간에 떠올린 사람이 그의 여동생인 장홍련이었던 것은 사실 아닌가.

장홍련의 깊은 눈이 촉촉이 젖어들었다.

"그랬겠지. 오라버님은 내가 죽었는 줄 알았을 테니까."

"어찌 된 사연인지 여쭈어도 될는지요?"

"밤이 늦었다. 모두들 긴 여행에 지쳤을 텐데 그만 쉬거라."

장홍련은 아무런 대답도 해주지 않았다.

밤이 깊어가지만 장홍련은 잠을 이룰 수가 없었다.

혼자 살 때는 사람에 대한 그리움을 느끼지 않았었다. 하지만 막상 사람을 보고 나니 오히려 사람에 대한 그리움이 파도처럼 몰려왔다.

더구나 장면의 등장은 그녀의 가슴에 가족에 대한 그리움을 사무치도록 만들어 버렸다.

오로지 아들 하나만을 보고 기다리며 살아온 세월이다. 그런데 돌이켜 생각해 보니 자신에게도 가족이란 게 있었던 것이다. 애증이 얽혀 뒤도 돌아보고 싶지 않았던 가족이지만 역시 피는 물보다 진한 모양이다. 이렇게 다시 만나게 된 걸 보면.

더욱이 장승운은 그녀를 끔찍하게도 예뻐했었다. 그래서 더 더욱 자신의 처지를 말할 수 없었던 거고.

그런 장승운마저 죽었다고 생각하니 이미 텅 비어버린 마음에 또 하나의 커다란 구멍이 뚫리는 기분이었다.

그리고 아들 대신 돌아온 청옥소안불상.

이것을 어떻게 받아들여야 할까? 이십 년 전 풍연은 이 불상 하나를 품에 안고 거친 바다를 넘어 세상으로 나갔다. 그리고 돌아오지 않았다. 이십 년 동안.

기다림에 지친 어미가 미쳐 가고 있어도 그는 돌아오지 않았다.

그런데 오늘, 풍연 대신 불상만 돌아온 것이다. 머리를 저어도 자꾸만 불길한 생각이 떠오르는 것은 어쩔 수 없었다.

장홍련이 불안함에 가슴 졸이고 있는데 문밖에서 인기척이 났다.

"누구냐?"

"저, 사예랑이에요."

"들어오거라."

사예랑이 아랫입술을 앙다문 채 장홍련의 방으로 들어섰다.

그녀 역시 늦은 밤까지 고민과 고민을 거듭한 끝에 장홍련을 찾아온 걸음이었다. 그녀는 크게 심호흡을 한 후 단도직입적으로 말했다.

"아무래도 어르신의 아들이 현각의 아버님인 것 같아요."

"……!"

"내 손자가… 있다고……?"

"나이도 그렇고, 이 불상도 그렇고 왠지 현각과 어르신의 아드님과 연관이 있는 것 같아요. 현각의 아버지가 누구인지는 아무도 모르거든요."

텅 비어 있던 장홍련의 가슴에 뜨거운 무엇인가가 솟아오르기 시작했다.

"내 손자……!"

"저희와 함께 현각을 찾으러 가요. 언제까지 이렇게 기다리고만 계실 거예요? 제가 도움이 될지는 모르겠지만 도와드릴게요. 현각을 찾으면 아드님의 행적도 찾을 수 있을 거예요."

장홍련의 가슴이 세차게 요동쳤다.

'세상으로 나가자니……?

풍연을 뱃속에 넣은 채 이 섬에 들어왔다. 그리고 삼십팔 년이다. 삼십팔 년의 세월 동안 오로지 자연을 벗 삼아 홀로 살아온 인생이다.

하지만 이제는 끝내고 싶었다.

이 고독한 생도, 이 지독한 그리움도 이제는 끝내고 싶었다. 그리고 더 늙기 전에 아들을 보고 싶었다.

장홍련이 대답을 하기도 전에 사예랑이 살풋 웃었다. 그녀의 마음이 이미 세상을 향해 달려가고 있음을 느낄 수 있었기 때문이다.

"그래, 가자. 세상 속으로……."

1

수양산(首陽山)의 깊은 숲에서는 오늘도 어제와 다름없는 고성이 오고 가는 중이었다.

"숲에서 파리도 잡고, 모기도 잡고, 나비도 잡고, 하여간 그런 건 예전에도 다 했다니까요!"

"다시 해봐!"

"왜요?"

"니놈한테 이유가 왜 필요하냐? 그냥 하라면 하는 거지!"

"그냥 하는 게 어딨어요? 이유를 알아야 할 거 아니에요!"

"니놈이 처음 무형공 수련할 때 이유를 알고 했냐?"

"그때는 처음이니까……."

현각의 투정이 더 길어지기 전에 삼치거인이 말을 잘랐다.

"지금도 처음이라고 생각하고 다시해!"

"처음이 아닌데 어떻게 처음이라고 생각해요?"

"그럼 생각하지 마!"

버럭 소리를 질러 현각의 입을 막아버리고선 삼치거인이 휑하니 돌아섰다.

하루, 이틀도 아니고 이 숲에 들어온 이래 날마다 반복되는 일상이었다. 구배지례까지 하고 사부님으로 모시긴 했지만 그는 영 사부답지 않은 사부였다.

주름이 자글자글한 얼굴에는 사부다운 강인함이라곤 눈곱만큼도 없고, 경박한 말투에도 사부다운 위엄이 없기는 마찬가지였다.

현각은 아무래도 자신이 속은 것 같았다. 그가 제아무리 천하제일인이라지만 사부가 좀 사부다워야 될 것 아닌가. 그는 아무래도 사부님으로 모시기엔 자격 미달인 사람이었다.

"그냥 혜문당에 처박아두고 오는 거였는데……."

현각의 나직한 투덜거림을 들은 건가? 돌아서 내려가던 삼치거인의 발걸음이 딱 멎어버린 것이다.

"헉!"

현각이 아차 하는 마음에 얼른 시선을 피했다.

하지만 삼치거인은 들은 소리를 못 들은 척 눈감아 줄 정도로 어진 위인이 못되었다. 어느덧 현각을 향해 돌아서 걸어오는 그의 콧김이 현각에게 닿을 정도니까.

'하여간 영감이 귀는 밝아가지고선.'

그래도 어쩌겠는가. 그는 사부님이고 자신은 제자인데.

현각이 히죽 웃으며 능청스럽게 물었다.

"뭐 잊으신 거 있으세요?"

"그래, 있다! 이놈아!"

불벼락 같은 호통과 함께 삼치거인의 주먹이 현각의 머리를 향해 날아왔다.

하지만 현각이 누군가. 자신도 천하무적을 자처하며 마교를 상대한 고수 중의 고수 아닌가.

현각이 날렵하게 삼치거인의 주먹을 피했다. 아니, 피하려고 했다. 삼치거인은 저만큼 서 있고, 그의 주먹보다는 자신의 발이 훨씬 빠를 것 같으니까.

한데 결과는 번번이 그의 패배였다.

삼치거인은 움직인 것 같지도 않으면서 어느샌가 그의 머리통에 주먹을 쥐어박고 있었다.

"니놈이 뛰어봐야 벼룩이지!"

"이씨~"

현각이 씩씩거리며 삼치거인에게 맞은 머리통을 주물렀다.

"내가 맘만 먹었으면 네놈 머리통은 잘 익은 수박처럼 갈라졌을 거야, 이놈아!"

얄밉지만 그의 말은 사실이었다. 그것은 현각이 씩씩거리면서도 그를 사부로 모실 수밖에 없는 이유이기도 했다.

삼치거인의 무공은 바람 같고 물 같아 보이지도 않고, 잡히지도 않았다. 보이지 않는다 해서 바람이 없는 것이 아니고, 잡히지 않는다 하여 물이 존재하지 않는 것이 아니다. 삼치거인의 무공도 그랬다.

어찌 보면 전혀 무공을 익히지도 않았고, 쓰지도 않는 것 같지만 그는 틀림없는 고수였다. 그것도 꿀밤 하나로 현각을 제압할 정도의 고수.

볼 때마다 신기하고 당할 때마다 억울하지만 어쩔 수 없었다. 그와 자신의 처지는 하늘과 땅만큼이나 다르니까.

현각이 입술에 침까지 바르며 넌지시 물었다.

"도대체 어떻게 한 거예요?"

"내가 몇 번을 말해야 알아듣겠느냐? 내게 물어보고 싶은 게 있으면 사부를 대하는 정중한 마음가짐부터 갖추어라 하지 않았느냐?"

'젠장.'

남양의 길거리를 전전하면서도 평생 윗사람이라곤 모셔보지 않았던 현각이다. 더군다나 불과 얼마 전까지만 해도 천도문의 문주 행세를 하며 기세등등하던 자신인데 이게 웬 꼴이란 말인가.

하지만 어쩔 수 없었다. 그는 강해져야 하고, 그를 강하게 만들어줄 수 있는 사람은 삼치거인뿐이니까.

현각은 그가 시키는 대로 할 수밖에 없는 처지였다.

치사하고 아니꼬운 마음을 꼭 억누른 채 현각이 정중하게 다시 물었다.

"사부님, 방금 전 저를 치신 것은 어떻게 하신 겁니까? 저는 눈을 뜨고도 볼 수 없었습니다."

삼치거인도 짐짓 무게를 잡으며 대답했다.

"제자야, 그런 걸 눈뜬장님이라고 한단다."

간신히 억누르고 있던 치사한 마음이 다시 불끈 치솟았다. 하지만 삼치거인은 여전히 무게를 잡으며 말했다.

"조금이라도 날 본받고 싶으면 내가 시키는 대로 열심히 수련이나 하거라."

이건 충고나 가르침이 아니라 약을 올리는 게 아닌가. 현각의 콧김이 서서히 뜨거워지기 시작했다.

"나도 참을 만큼 참았다구요!"

현각의 반항(?)에 삼치거인의 축 가라앉아 있던 눈이 등잔만하게 커졌다.

"니가 참긴 뭘 참아?"

"사부님이라고 불러주고, 하루 세 끼 밥해 바치고, 빨래며, 청소며 시키는 대로 다 했잖아요!"

"그거야 제자의 당연한 도리지!"

"그럼 영감도 사부로서의 도리를 해야 할 거 아니에요?!"

현각은 이판사판이라는 심정으로 악을 쓰며 덤벼들었다. 그는 원래 참고 인내하는 것과는 거리가 먼 사람이었다. 부모도 없이 거리에서 자란 그에게 윗사람은 그저 귀찮고 거추장스러운 존재일 뿐이었다.

그동안은 백화린과 천도문을 위해 참고, 또 참았지만 이제 한계에 다다른 것이다. 며칠 되지도 않았지만.

하지만 삼치거인 역시 현각의 반항을 호락호락하게 받아줄 위인이 아니었다.

"이 녀석이 건방지게 어디다 대고 소리를 질러!"

벼락같은 호통과 함께 삼치거인의 주먹이 다시 현각의 머리통을 향해 날아왔다.

이미 마음의 준비를 하고 있던 현각이 재빨리 그림자 신법을 운용하며 그의 주먹을 피해냈다.

"어라?"

처음이었다. 삼치거인의 알밤을 피해낸 것은.

자신감이 생긴 현각은 거기서 멈추지 않고 반격까지 시도했다. 삼치거인은 무시하지만 자신도 어디까지나 무형공을 익힌 사람이 아닌가. 거기다 천도문과 화산파의 온갖 절학을 익혔으니 마냥 당할 이유만도 없었다.

호승심이 치솟은 현각이 대뜸 용화수를 운용하며 삼치거인에게 쇄도했다. 옷자락이 펄럭인다 싶은 순간, 그의 주먹은 삼치거인의 눈앞까지 이르러 있었고 그 민첩함은 삼치거인의 주먹에 결코 뒤지지 않았다.

"내가 그동안 놀고만 있었는 줄 알아요?"

현각의 주먹이 삼치거인을 격타했다.

아니, 그런 줄 알았다. 하지만 현각의 주먹은 어이없게 허공을 가로질렀고, 삼치거인은 이미 그 자리에 존재하지 않았다.

"뭐야? 어디 갔어?"

"여기 있다, 이놈아!"

삼치거인의 주먹이 현각의 뒤통수를 후려쳤다.

"치사하게 피하지 말고 싸우려면 제대로 한번 붙어봐요!"

현각이 씩씩거리며 소리쳤다.

삼치거인이 주름이 자글자글한 얼굴로 능글맞게 씨익 웃었다.

"내 옷자락 하나라도 건들 자신이 있어서 하는 소리냐?"

"길고 짧은 건 대봐야 아는 거잖아요!"

"좋다. 나는 방어만 할 테니까 내 옷자락이라도 건드려 봐라. 그럼 네놈이 해달라는 대로 해줄 테니까."

삼치거인의 자신만만한 말에 이번엔 현각이 씨익 웃었다.

"방어만 한다고 했죠? 나중에 딴말하기 없기예요?"

"네놈이나 딴말하지 마라."

"쳇!"

코웃음을 치며 현각이 대뜸 펼친 것은 흑란곡의 빙유섬강이었다.

사실 빙유섬강은 이런 때를 대비해 현각이 삼치거인 몰래 은밀히 연마해 오던 무공이었다. 자신이 흑란곡에서 사도무공의 낯설음에 당황했던 기억을 상기했기 때문이었다.

삼치거인을 향해 쇄도하는 현각의 손에서 눈부신 광채가 쏟아져 나왔다. 거세게 몰려드는 광채는 커다란 그물처럼 삼치거인을 사방에서 에워싸며 조여들었다.

얼음처럼 차갑고 칼날처럼 섬뜩한 광채에 둘러싸인 삼치거인은 발걸음조차 떼기 어려워 보였다.

당장이라도 폭발할 듯한 광채 속에서 삼치거인이 느긋하게 움직이기 시작했다. 그는 강기를 피해 몸을 날리지도 않았고, 강기를 걷어내기 위해 분주하게 손을 쓰지도 않았다.

그냥 따가운 햇살을 피하기 위해 몸을 비트는 사람처럼 가볍게 몸을 움직일 뿐이었다.

그런데도 칼날 같던 강기가 그의 몸과 부딪치자 힘없이 사라져 버리는 것이다.

"어라?"

회심의 일격이 어이없이 사라지는 모습에 현각은 어안이 벙벙했다. 하다못해 삼치거인이 내공이라도 운용해서 강기를 꺾은 것이라면 모를까, 그는 정말로 아무것도 하지 않은 것이다. 그런데도 전력을 다한 자신의 공격을 무위로 돌려 버렸다.

'저건 또 무슨 해괴한 수법이야?'

그렇다고 기죽거나 머뭇거릴 현각이 아니었다.

그는 재빨리 주변에서 나무토막을 하나 주워 들었다. 이미 용화수로는 그의 움직임을 따라잡을 수 없음을 알았고, 빙유섬강으로 강기도 그에게 통하지 않음을 알았다.

그렇다면 남은 수단은 무기를 동원한 무공이었다. 그리고 현각 역시 가장 자신있는 것이 바로 도법과 검술이었다.

현각은 나무토막을 도로 사용하며 풍뢰도법을 펼치기 시작했다.

조금의 틈도 허용하지 않고 처음부터 경뢰분전, 뇌천무위로 이어지는 절초들을 사용해 폭풍처럼 몰아쳤다.

삼치거인은 그의 공격에 따라 흐느적거리듯 살짝살짝 몸을 움직였다. 그런데도 현각의 공격을 모조리 피해내고 있었다.

현각은 마치 허공을 향해 혼자 도를 휘두르는 느낌이었다.

현각은 발악을 하듯 자신이 알고 있는 모든 절학을 펼쳐 냈다.

장승운의 낙성검법에서 강호성의 백화집금검법까지. 그러나 삼치거인의 옷자락 하나 건들지 못했다.

삼치거인은 분명 눈앞에 있으나 실체가 없는 사람처럼 느껴졌다. 유령 같기도 하고, 바람 같기도 하고.

"그따위 칼부림으로 내 옷자락을 건들겠다고 큰소리친 거냐?"

현각이 멍하니 손을 멈춘 채 그를 쳐다봤다.

비록 그의 옷자락 하나 건들지 못했지만 억울하거나 창피하지 않았다. 오히려 뭔지 모를 벅찬 감동이 가슴을 뻐근하게 눌러왔다.

삼치거인이 자신에게 가르치려 한 것이 무엇인지 드디어 깨달은 것이다.

현각이 천천히 입을 열었다.

"사부님이 말씀하신… 진정한 무형공이 그겁니까?"

2

　자연을 흉내 내지 말고 자연이 되어라.

　무형공의 가르침은 그것이었다.

　한데 그는 자연의 기운을 느끼며 거기다 무공이라는 초식들을 입혀
버린 것이다. 그래서 삼치거인은 그의 무형공을 엉터리라고 했던 것이
다.

　무형공을 통한 깨달음으로 다른 무공을 수련하기 시작한 순간, 그의
무형공은 반쪽짜리가 되어버린 것이다. 무형공은 어떤 무공이든 이해
하고 받아들이기 위한 기초가 되어주었지만 정작 무형공의 성취는 나
아가지 못했다.

　이미 세상에서 물러서 있던 삼치거인이 다시 자신을 드러낸 이유도
그것 때문이었다. 자신이 죽기 전에 한 명쯤은 무형공을 익히는 자가

나타나길 원했었다.

현각을 만난 순간 드디어 평생의 염원을 이뤘다고 생각했었다.

한데 이 녀석이 뚱딴지같이 다른 무공들을 익혀 버린 것이다. 게다가 마교에 의해 목숨까지 위협받는 지경이 되고 보니 나서지 않을 수가 없었다.

"너를 만나지 않았다면 그냥 천도문의 서고에서 조용히 생을 마감했을 것이다."

"왜 하필 천도문이었어요?"

"글쎄다. 그냥 쉴 곳이 필요했던 것이지 굳이 천도문을 택한 건 아니었어. 이런 걸 인연이라고 하는가 보다. 천도문에서 널 만났으니까."

만약에 인연이라면 참으로 기묘한 인연이었다.

현각이 천도문에 간 것은 그야말로 장난에서 비롯된 실수였으니까.

하지만 그와 장천의 똑같은 생김을 생각하면 인연이 아니라 운명적으로 얽혀 있는 것일 수도 있었다.

현각은 초심으로 돌아갔다.

오로지 천하제일고수가 될 수 있다는 믿음만으로 무형공에 몰입했던 그때를 상기했다. 무형공을 수련하는 가장 좋은 방법은 역시 단순함이니까.

사심이나 요령이 들어가면 들어갈수록 진정한 무형공과는 거리가 멀어진다. 그래서 누구나 익힐 수 있는 무형공을 아무도 익히지 못했던 것이다.

현각은 천도문도 백화린도 일단 잊기로 했다.

그들을 구하려면 먼저 무형공부터 연성해야 하니까.

현각은 호흡법부터 다시 시작했다.

아무 생각 없이 호흡을 하는 것은 예전이나 마찬가지지만 몸에서 받아들이는 기운은 천양지차였다. 온몸을 따라 숲의 맑고 청량한 기운이 들어오고, 탁한 기운이 나가는 것이 확연하게 느껴졌다.

그 맑고 상쾌한 기분에 취해 현각은 오전 내내 숲 속에 앉아 호흡만 했다. 마치 숲의 맑은 기운으로 배를 채운 듯 허기도 지지 않았다.

오후에는 나무 타기를 시도했다.

감나무에서 시녀들을 모아놓고 했던 놀이처럼 했던 수련이지만 지금은 달랐다. 이미 나무에 오르고, 나뭇가지 위를 걷는 것은 너무나 쉬워진 현각이다. 그래서 찾아낸 것이 대나무였다.

어떠한 신법도 사용하지 않고 오로지 호흡의 조절만으로 가느다란 대나무에 오르는 것은 지금도 쉽지 않았다. 처음엔 부러지고, 그 다음엔 휘어졌다.

현각이 원하는 것은 대나무가 흔들리지도 않게 그 정상까지 오르는 것이었다.

'호흡으로 체중을 뱉어내고 손과 발의 움직임만으로 올라가는 거야.'

넘어지고 떨어지면서도 현각은 지치지 않고 시도했다. 어느덧 현각의 전신엔 대나무에 긁히고 찢긴 상처들로 가득했다.

"젠장! 도대체 뭐가 문제야?"

삼치거인은 분명 바람처럼 나무 위를 날아다녔었다.

삼치거인이 했으면 자신도 할 수 있을 게 아닌가.

다시 호흡을 조절하며 대나무를 노려보고 있는데 한줄기 바람이 대나무를 스치고 지나갔다. 대나무는 바람결에 쓸려 스산하게 흔들리다가 제자리로 돌아왔다.

마치 연인을 향해 손을 흔들 듯 우아하고 다정한 움직임이었다.

현각의 눈이 환희로 빛났다.

"정복하려는 게 문제였어. 친구가 돼야 하는 거야!"

대나무가 흔들리지도 않게 올라가 보려던 그의 시도가 무모했던 것이다. 대나무는 원래 흔들리는 나무다. 그렇다면 자연스럽게 그 흔들림도 받아들이고 그 안에 몸을 실어야 할 게 아닌가.

자연과 하나가 되라고 했다. 그것은 곧 가장 자연스러움을 따르고 배우라는 뜻일 게다.

현각은 욕심을 버렸다.

그리곤 대나무를 스쳐 가던 바람처럼 대나무의 흔들림을 느끼며 그 위로 달려 올라갔다. 바람이 불면 부는 대로, 나무가 휘면 휘는 대로……. 그렇게 대나무에 올라서 있자 마치 그와 대나무가 하나인 것처럼 느껴졌다.

높은 대나무 숲의 정상에서 내려다보는 숲은 넓고 아름답고 풍요로웠다. 숲의 입장에서 보면 만물의 영장이라고 우기는 인간도 결국은 이 숲을 오가는 하나의 생명체일 뿐이다.

숲에서 보면 작은 토끼 한 마리나, 거대한 호랑이 한 마리나 마찬가지다. 인간이라고 다를 게 뭐 있겠는가.

스스로 다르다고 착각하는 인간의 마음이 숲에서 인간을 멀어지게 만드는 것이다.

"자연이 되어라……."

무형공의 진정한 가르침이 이제야 가슴속으로 파고들고 있었다.

현각의 수련은 놀라운 속도로 급진전을 이뤘다.

숲을 달려가는 그의 모습은 바람과 다름없었고, 바위를 치는 그의 손은 거센 폭포수 같은 힘이 실려 있었다.

그리고 자연과 함께 호흡하며 완벽한 일치감을 느끼고 있었다. 그것은 인간의 생명력을 뛰어넘는 강인함과 존재감이 느껴지는 기분이었다.

게다가 그전까지 보고 듣지 못하던 수많은 사실도 알 수 있었다.

바람이 실어오는 미세한 숨소리만으로도 백 장 밖에 있는 삼치거인의 기분을 읽을 수 있을 정도였다.

그의 숨소리가 조금 거칠어져도 바람은 고스란히 그 소리를 전해줬다.

십 장 밖에서 사슴이 낙엽을 밟는 느낌은 땅을 통해 전달받았고, 작은 산새의 퍼덕임도 나뭇잎의 흔들림으로 읽을 수 있었다.

자연과의 일체감이 커질수록 무형공의 성취 또한 높아지는 것은 당연했다.

달라지지 않는 게 있다면 그의 성품이었다.

"이젠 지난번처럼 호락호락하게 당하지 않을 자신있다고!"

수련에 진전이 있으면 확인해 봐야 할 게 아닌가. 현각은 자신만만하게 삼치거인이 잠들어 있는 모옥을 향해갔다.

이 시간은 삼치거인이 낮잠을 즐기는 시간이다.

현각은 단잠에 빠져 있는 삼치거인을 큰 소리로 불러 깨웠다.

"사부님!"

삼치거인이 눈을 찡그리며 마지못해 몸을 일으켰다. 현각이 느끼는 것을 그라고 왜 못 느끼겠는가. 그는 잠결에도 현각이 비무를 위해 자신을 찾아오고 있음을 느끼고 있었다. 귀찮아서 외면하려 했을 뿐이지.

"망할 놈! 길고 긴 하루 중에 왜 하필 지금 나타나서 큰 소리냐?"

하필 이 시간을 택해 그의 단잠을 깨운 것에 특별한 이유는 없다. 자기가 수련하는 시간에 낮잠이나 자고 있는 그의 모습이 얄미워 그냥 그러고 싶었을 뿐이다.

원래 무공이란 것이 도(道)에서 출발한 것이기 때문에 무공의 수련이란 것이 마음의 수련이기도 했다. 하지만 무형공은 달랐다. 무형공은 인간의 가장 본능적이고 원초적인 감각에 의존하는 것이었다.

천하제일인이었던 삼치거인이지만 평생 단순 무식한 성품에서 벗어나지 못했듯, 현각도 여전히 단순 무식했다. 어차피 그 단순 무식함이 무형공을 연성하는 수단이기도 하고.

"사부님께 한 수 가르침을 얻으러 왔습니다."

"고얀 놈. 가르침을 받겠다는 놈이 낮잠 자는 시간에 나타나냐?"

"죄송합니다. 제자의 깨달음이 너무 커 사부님이 깨어날 때까지 기다리기 힘들었습니다. 제자의 조급함을 이해해 주십시오."

현각은 입술에 침도 바르지 않은 채 능청스럽게 말했다.

삼치거인이라고 그의 속셈을 왜 모를까?

"사부의 단잠을 깨울 정도라면 엄청난 깨달음을 얻은 모양이구나.

그렇다면 나도 봐주지 않겠다. 각오는 돼 있는 거겠지?"

부스스 자리를 털고 일어서는 그의 얼굴에 비장함마저 감돌았다.

설마 죽이기야 하겠는가?

"예."

현각은 씩씩하게 대답했다.

모옥의 허름한 마당에 마주 서 있는 두 사람은 스승과 제자가 아니라 외나무다리에서 만난 원수 같은 치열한 눈빛을 주고받았다.

먼저 움직인 것은 현각이었다.

그는 살며시 한 발을 움직인 것뿐인데 어느덧 그의 몸은 삼치거인의 앞에 도달해 있었다. 은밀한 신법도 없고, 기묘한 보법을 운용한 것도 아니었다.

그의 몸이 그의 마음보다 먼저 움직인 것뿐이다. 그리고 삼치거인을 향해 주먹을 내질렀다. 역시 어떠한 초식도 없고, 기묘한 속임수도 없는 평범한 움직임이었다.

하지만 그 손에 담긴 힘은 삼치거인 뒤편, 모옥의 지붕이 흔들릴 정도였다.

그의 주먹에 온 마음과 정신이 실렸기 때문이었다.

삼치거인이 씨익 웃으며 손을 내밀었다.

마치 악수라도 하듯이 자연스럽게 내민 그의 유유자적한 손을 통해 천공을 비상하는 독수리의 날갯짓 같은 거센 힘이 느껴졌다.

그가 처음으로 장난이 아닌 무공으로 현각을 상대하는 순간이었다.

그것만으로도 현각의 목표는 달성된 셈이었다. 그에게 비무의 상대로 인정받았으니까.

현각은 두 손을 휘저어 원을 그리면서 그의 공격을 피해내고, 한편으로는 반격할 지점을 찾았다. 아무런 규칙도 법칙도 없는 휘저음이지만 그의 손은 면면히 그침이 없었다.

마음을 비우고 자연이 이끄는 대로 몸을 움직이니 막힐 이유가 없었다.

왼손의 원형 공세가 물러서는가 하면 오른손의 원 둘레가 뒤따라 덮쳐 갔다. 크고 작은 수많은 원 둘레가 그의 내공을 실은 채 삼치거인을 에워싼 것이다.

삼치거인은 아름드리 나무 그늘에 짓눌리는 듯한 느낌이었다.

"아주 놀지는 않았군."

삼치거인도 성큼 일보를 내디디면서 현각의 가슴을 노리고 주먹을 휘둘렀다. 사람이 아니라 아름드리 나무를 치려는 듯 둔탁한 일격이었다. 하지만 그 움직임만은 전광석화처럼 빨랐다.

"예전의 내가 아니라구요!"

현각이 자신만만하게 그의 주먹을 피했다. 그런데 그의 주먹이 현각을 따라오는 게 아닌가. 그는 현각의 마음을 읽었고, 현각의 움직임을 느낀 것이다. 그리고 현각보다 더 빨리 움직였다.

현각이 몸을 피한 곳에서 이미 기다리고 있는 것이다.

"헉!"

현각은 자신을 기다리던 삼치거인의 주먹을 봤다. 하지만 피할 수가 없었다.

왜냐하면 자신의 몸이 생각보다 빠르게 움직이듯, 그의 주먹 역시 자신의 눈보다 더 빠를 테니까.

"눈으로 보기 전에 피했어야지!"

따끔한 훈계와 함께 삼치거인의 주먹이 현각의 가슴을 후려쳤다.

픽!

현각은 신음 대신 이를 악물었다.

'눈에 보였다면 이미 피할 시간이 없는 거야. 보기 전에 피해야 해. 본능적으로!'

투지에 불타는 현각의 눈을 보며 삼치거인이 히죽 웃었다.

"처음이라 봐준 거다. 계속하겠다면 그땐 봐주는 거 없어. 지금이라도 늦지 않았으니까 물러서지?"

"이대로 물러설 거였으면 사부님의 잠을 깨우지도 않았다구요!"

현각은 오기가 발동했다.

처음엔 비무만 해도 좋았는데 일단 비무가 시작되자 이기고 싶었다. 아니, 제대로 된 비무라도 해보고 싶었다. 이대로 물러서는 것은 너무 허무하고 아까웠다.

백화린이 왜 자신과의 비무를 그토록 좋아했는지 이제야 알 것 같았다.

하나라도 더 배우고, 경험하고 싶은 욕망. 바로 진정한 무인들이 느끼는 그 욕망을 현각은 이제야 느끼고 있었다. 그리고 넘어서고 싶었다.

현각은 정신을 집중하며 내부의 기운에 몰입했다.

'눈으로 봤을 땐 이미 늦는다. 가슴으로 느끼고 피해야 한다!'

마음으로 느끼며 공격하고, 방어하는 것이 바로 심검의 경지다.

하지만 두 사람은 내공을 운용하지 않은 채 맨손만 가지고도 심검의 경지에서 무공을 운용하고 있었다.

그들의 마음이 곧 무공이며, 무기이며, 초식이었다.

마음이 가는 곳에 이미 발이 가 있고, 손이 움직이고 있었다.

어린아이 장난처럼 오가는 두 사람의 손과 발 사이에 공기의 요동마저 억누를 강력한 힘이 담겨 있다면 누가 믿을까?

하지만 두 사람 사이는 작은 바늘 하나만 떨어져도 폭발해 버릴 것 같은 완전한 진공 상태였다. 제아무리 고수라도 쉽게 느낄 수 없는 기운. 바로 무형공이 뿜어내는 두 사람만의 기운이 오후의 숲을 완전히 제압하고 있었다.

현각은 더 이상 자신이 싸우고 있다는 것도 의식하지 못했다.

바람이 어디로 흘러가는지 알 수 없듯, 그도 자신의 마음에 완전히 몸을 맡겨놓은 상태였다.

그리고 완전한 무아지경에 돌입한 채 진정한 무형공의 경지를 느끼며 펼치고 있었다.

어느덧 현각을 상대하는 삼치거인의 주름진 얼굴에 뿌듯한 미소가 피어오르고 있었다.

"이제야 발을 뻗고 잘 수 있겠구나."

드디어 자신의 무형공을 남길 수 있다는 만족감에 삼치거인은 모처럼 현각을 향해서도 따뜻한 시선을 보냈다.

현각 역시 뿌듯하고 벅찬 마음을 억누르기 힘들었다. 삼치거인과 더불어 비무를 했다는 만족감과 자부심 때문이 아니었다.

그것은 무형공이 주는 자연과의 일체감이었다.

그 순간만큼은 대자연의 모든 기운이 자신의 몸 안으로 집약되는 듯한 충만함을 느꼈었다. 만약 그 힘을 고스란히 내뿜을 수만 있다면 세상의 그 누가 감히 상대할 수 있겠는가.

아직 몸 안에 밀려오는 대자연의 기운을 내뿜을 수준은 아니지만, 그 기운을 느끼는 것만으로도 현각은 행복했다.

그런 현각을 바라보는 삼치거인 역시 행복했고.

"사부님, 천도문에서 제가 잘못된 수련을 하고 있을 때 왜 말리지 않으셨어요?"

"내가 말린다고 듣지도 않았을 거고, 또 가르쳐 준다고 해서 느낄 수 있는 것도 아니니까."

그의 말대로 무형공은 절대로 배울 수 있는 무공이 아니었다.

스스로 느끼고 체득하는 것이지.

지금 삼치거인이 하고 있는 일도 현각이 스스로 느낄 수 있는 환경을 조성해 주는 정도였다. 어쩌면 무형공을 수련하는 데 가장 중요한 것이 그 환경적 요인일지도 모른다.

잡념과 잡사를 모두 잊고 오로지 자연과 나의 호흡에만 집중하는 일은 결코 쉽지 않으니까.

"앞으로 네가 해야 할 일이 뭔지 알겠지?"

"예."

무형공은 무공이 아니다. 그냥 움직임이다. 하지만 그 움직임 속에 대자연의 기운이 스며들기 시작한다.

아직은 그 기운에 의존해 몸을 움직이는 정도라면 앞으로는 그 기운 자체를 내뿜을 수 있는 힘을 길러야 했다.

그 경지에 오르면 세상의 어떤 무공도 능히 제압할 수 있을 것이다.

천하제일의 무공이라도 자연을 거스르지는 못한다. 무형공이 대자연의 힘, 그 자체가 되는 순간이 현각이 천하제일고수로 재탄생하는 순간이 될 것이다.

제5장

건널 수 없는 강

1

평화로운 수양산과 달리 무림은 피의 소용돌이에 휘말려 있었다.

마교는 소리 소문도 없이 순식간에 중원의 심장부까지 내려와 종남을 선두로, 청성, 형산, 아미파를 몰살시켜 버렸다.

그동안 수많은 마교와의 결전이 있었지만 이렇게 참혹하게 시작한 적은 없었다.

이백여 년 동안 잠자는 호랑이처럼 웅크리고 있던 마교는 구대문파를 동시에 습격할 정도로 힘을 비축했던 것이다.

게다가 그들의 공격은 놀라울 만큼 신속하고 기습적이었다.

그 신속한 공격 뒤에는 마황 사승비가 오랫동안 공들인 마교의 정예부대가 있었다. 그는 처음부터 백 명의 무사보다 한 명의 고수를 키우는 데 더 무게를 실었었다.

그리고 고수를 키우는 데 구마천의 견제를 받지 않기 위해 그들 스스로 고수를 키우도록 했던 것이다. 그것은 마황이 직접 나서는 것보다 훨씬 큰 효과를 거뒀다.

직접 고수들을 키우는 것은 그들에게 마황의 세력을 견제할 수단이기도 했고, 스스로의 지위를 공고히 할 수 있는 무기이기도 했다.

구마천의 고수들은 심혈을 기울여 각자의 정예 부대를 만들어냈다.

천 명의 무사가 아니라 열 명의 절정고수가 은밀하게 움직이니 개방조차 그 움직임을 사전에 감지하지 못했던 것이다.

그렇게 각기 중원으로 투입된 구마천은 개개인의 세력만으로도 능히 구대문파의 하나를 상대할 수 있었다.

반면 오랜 평화에 길들여져 있던 정도무림은 너무나 안일했다. 뒤늦게 개방이 마교의 움직임을 알렸을 때는 이미 구대문파의 절반이 주저앉은 다음이었다.

오랜 평화에 길들여진 구대문파는 그들을 감당하지 못했다.

아무리 불시의 기습이라고 해도 개개인의 세력에 구대문파 중 상당수가 섬멸당한 것은 무림사에 길이 남을 치욕이었다.

게다가 남아 있는 문파들 역시 마교의 거센 공격에 숨 돌릴 틈도 없는 상태였다.

무당파라 해도 그 혈우를 피해가지는 못했다.

구마천에서도 가장 큰 세력을 형성하고 있는 일장필살 뇌진천은 그의 개인 무사 오백 명을 모조리 투입했다.

구대문파에서도 소림과 더불어 가장 큰 축을 형성하는 것이 무당파 아닌가.

무당파를 꺾는 것은 다른 문파를 꺾는 것과 다른 의미였다. 이 싸움은 자신의 모든 것을 투자해서라도 얻어야 하는 승리였다.

천마교를 얻기 위해 넘어야 하는 첫 번째 산이 바로 지금의 이 싸움인 것이다.

문파를 지키려는 무당의 도인들이나 문파를 빼앗으려는 마교의 무사들이나 치열하고 필사적이기는 마찬가지였다.

싸움이 길어지는 것은 양쪽의 힘이 팽팽하기 때문이었다.

뇌진천은 직접 혈전의 선봉에 선 채 무사들을 독려했다.

"물러서는 자들은 내 손에 죽는다! 살고 싶으면 이겨라! 이기는 것만이 이 지옥에서 살아 나갈 유일한 방법이다!"

단지 필사적으로 싸우는 것만으론 만족할 수 없다. 이겨야 한다. 반드시 이겨야 한다.

일장필살이라는 그의 별호가 증명하듯 그의 손이 스쳐 간 곳에서는 여지없이 피보라를 뿜으며 쓰러지는 시체가 만들어졌다.

무당파의 장문인인 현영 도장조차 그의 손을 막을 수 없었다. 그는 이미 뇌진천의 정예 부대인 흑마단에 포위돼 있는 상태였다. 흑마단은 무당파의 고수들을 포위한 채 협공을 펼치고 있었다.

흑마단에게 가로막힌 무당파의 고수들은 뇌진천의 살육을 지켜볼 수밖에 없는 처지였다.

뇌진천은 혈우(血雨)라도 뿌리듯 무당파를 휘저으며 피보라를 뿜어냈다.

무당파의 도인들은 그의 모습을 보는 것만으로도 공포와 두려움에 오금이 저렸다. 한 명의 고수가 능히 한 문파를 몰살시킬 수도 있음을 그가 몸소 보여주고 있으니까.

뇌진천이 직접 선봉에 나선 목적도 그것이었다.

무당파의 도인들로 하여금 차마 대적할 엄두도 내지 못하게 만드는 것. 승리에 대한 명분이 앞서는 그들을 기세에서 제압해 버리기 위해 직접 피를 보고 있는 것이다.

하지만 혈마처럼 날뛰는 그의 공격도 오래 이어지지는 못했다.

"겁을 주는 것은 그쯤에서 끝내게."

조용한 말과 함께 한 명의 노도인이 그의 앞을 가로막은 것이다.

"생각보다 일찍 나타났군."

뇌진천이 빈정거리듯 말했다.

그를 가로막은 노도인이 바로 무당파 최고의 고수이자, 무림십대고수 중 한 명인 검제(劍帝) 풍아삼이었다.

최고의 고수들이 만난 긴장과 흥분도 잠시였다.

"손을 쓰겠네."

검제가 곧장 분노에 찬 일격을 가해왔다.

팔십 년 인생 동안 풍아삼의 손에서 떠나본 적 없다는 청광검이 눈이 시리도록 차가운 빛을 뿜어내며 뇌진천에게 쇄도했다. 한줄기 가느다란 빛살처럼 날아온 검기는 뇌진천의 앞에 이르러 유성처럼 폭발하며 비산했다.

파파팡!

검제의 명성을 만들어준 태극검법이 펼쳐진 것이다.

검제의 명성은 태극검법에서 비롯되었으나 그의 태극검법을 직접 본 사람들은 극소수였다. 그가 자신의 절기인 태극검법을 펼쳐야 할 정도로 강한 상대를 만나보지 못한 까닭이었다.

하지만 그 위력은 소문 이상이었다.

청광검의 작은 움직임에도 주변의 공기가 요동치고 사방이 검광으로 뒤덮였다. 내공이 약한 자들은 감히 근처에 접근조차 하기 힘든 강맹한 위력이었다.

"십대고수가 나이순으로 뽑아놓은 것만은 아니었군."

뇌진천이 처음으로 섭선을 꺼내 들었다. 한 자루 섭선으로 펼치는 구유멸천살은 마교에서도 손꼽히는 절기였다.

차르륵!

섭선을 펼치자 칼날보다 날카로운 예기가 거대한 부챗살처럼 밀려갔다. 그의 섭선이 방향을 틀 때마다 사방 팔 면이 온통 섭선이 펼쳐놓은 강기에 휘말렸다.

그것은 마치 수십 자루의 검을 동시에 휘두르는 듯한 느낌이었다.

검제는 그의 공격을 어렵지 않게 피했으나 주변에 있는 무당의 도인들은 그렇지 못했다. 뇌진천이 섭선으로 펼치는 구유멸천살은 옷자락만 스쳐도 몸통을 절단해 버릴 정도의 위력과 살상력을 갖춘 무공이었다.

그것은 무공을 펼치는 광경이 아니라 살육을 하는 광경이라 해도 좋을 정도였다.

그러자 검제의 움직임이 달라졌다.

그는 피하는 대신 뇌진천의 구유멸천살을 정면으로 받아내기 시작했다. 그가 피하면 뒤편 어딘가의 다른 제자가 희생당하기 때문이었다.

검제가 정면으로 승부를 걸어오자 뇌진천도 피하지 않았다.

두 사람은 바닥에서 발도 떼지 않은 채 순식간에 이십여 초를 겨뤘다.

상대의 공격이 다가오기도 전에 차단하고 공격을 펼쳐 내면 상대방도 똑같이 사전에 차단해 버렸다. 그렇게 서로의 무공이 폭발할 기회를 사전에 봉쇄해 버리는 것이다.

둘의 무공은 더 이상 폭발하지도 않고, 거센 소용돌이를 일으키지도 않았다. 오히려 신기할 정도로 조용하고 잠잠했다.

멀리서 보면 비무가 아니라 두 사람이 마주 선 채 따로 무공을 펼치고 있는 것으로 오해할 수도 있을 정도였다.

하지만 농축되고 응축된 진기가 칼날보다 예리하게 오가고 있다는 사실을 모를 정도로 무지한 사람은 이 자리에 없었다.

두 사람의 공격은 살짝만 스쳐도 응축된 진기가 쏟아져 나와 상대방은 즉사하거나 중상을 입게 될 것이다.

검제와 뇌진천은 호흡조차 멈춘 채 서로의 움직임에 집중하고 또한 스스로의 무공에 몰입했다. 숨소리조차 들리지 않는 가운데 치열하고 맹렬한 절정고수들의 승부가 펼쳐지고 있는 것이다.

그들의 조용한 대결과 달리 사방은 병장기 부딪치는 소리와 신음 소리가 난무했다. 제아무리 격전장이라 해도 각 무리의 수장 격인 최고수들이 대결을 펼칠 때면 싸움도 중지하는 것이 일반적인 경우였다.

그리고 최고수의 대결로 승부를 결정짓는 것이 대체적인 경우였다.

하지만 오늘은 달랐다.

마교의 무사들에게 주어진 임무는 무당파의 몰살이었다. 그들은 뇌진천의 대결에 한눈을 팔고 있을 여유가 없었다. 그들이 손을 멈추지 않으니 무당파의 도인들 또한 손을 멈출 수 없었다.

　문제는 검제의 등장으로 무당파의 사기가 오른 것이었다.

　제아무리 천마교의 구마천이라 해도 무림십대고수인 검제를 이기지는 못할 것이란 게 무당파 도인들의 생각이었다. 그들의 생각은 곧 기세의 상승으로 이어졌다.

　더욱이 그들은 처음부터 죽음을 불사한 채 버티고 있던 중이었다. 거기에 사기까지 더해지자 싸움은 순식간에 무당파로 기울어 버렸다.

　그러자 마음이 급해지는 것은 뇌진천이었다.

　그에게 오늘의 승리는 작은 시작이자 미래를 위한 투자일 뿐이다. 마황을 누르고 천마교주에 오르기 위한 작은 출발.

　한데 여기서 더 많은 손해를 입게 되면 평생을 기다려 온 호기를 놓쳐 버릴지도 모른다.

　'진정으로 얻고 싶은 것을 위해서라면 작은 것들은 포기할 수밖에……'

　뿌리 깊은 나무처럼 바닥에 발을 붙이고 있던 그가 어쩔 수 없이 허공을 향해 몸을 날렸다. 동시에 삼보혈장(三步血掌)을 연속으로 떨쳐 냈다.

　오로지 살상을 목적으로 고안된 삼보혈장은 칼날보다 예리한 무형의 강기가 우박처럼 쏟아지는 장법이었다. 이 강기는 맞는 흔적도 없고 통증도 없다. 하지만 삼보혈장에 격중당하고 나면 삼보를 움직이기 전에 칠공에서 피를 토하며 죽게 된다. 무형의 강기가 살갗을 뚫고 혈관을 터뜨리기 때문이다.

무공이 약한 이들은 뇌진천의 움직임을 보면서도 그가 무엇을 하는지 느낄 수 없었다.

하지만 삼보혈장을 알아본 검제는 안색이 돌변했다.

"피하라!"

그의 뒤늦은 외침에 무당의 도인들이 급급히 몸을 날렸지만 오히려 상태만 악화될 뿐이었다. 걸음만 옮겨도 터진 혈관에서 피를 뿜어내는데 경공을 사용했으니 오죽하랴.

영문도 모른 채 몸을 날리던 도인들이 참혹하게 피를 토하며 쓰러졌다. 그들을 쫓으려던 마교의 무사들도 역시 피를 토하며 쓰러졌다.

삼보혈장의 마수는 마교의 무사들이라고 해서 피해가지 않았던 것이다.

검제는 당혹스런 얼굴로 뇌진천을 쳐다봤다. 그가 제아무리 구마천의 일원이라 해도 이미 삼백 년 전 실전된 삼보혈장을 시전하리라곤 생각지도 못했던 것이다. 게다가 자기의 수하들도 있는 곳을 향해 무작위로 발출하다니.

"이 금수만도 못한 놈!"

싸늘한 얼굴로 청광검을 치켜드는 검제를 보며 뇌진천이 조용히 웃었다.

"너무 무리하실 필요는 없지 않겠소?"

"……!"

뇌진천의 시선이 청광검을 들고 있는 검제의 손을 향했다.

파랗게 부풀어 올라 있는 혈관이 선명하게 보였다. 뇌진천의 삼보혈장이 그의 손등도 스쳐 간 것이다.

만약 검을 쓰기 위해 손목을 움직이는 순간이면 혈관이 터져 온몸의 피를 역류시킬 것이다. 그리곤 다른 문도들과 마찬가지로 피를 쏟으며 쓰러질 것이다.

삼보혈장의 진정한 위력은 절정의 고수라 해도 그 마력에서 벗어날 수 없다는 점이었다. 차라리 기혈의 뒤틀림은 내공으로 억누를 수도 있다.

하지만 터진 혈관을 무슨 수로 막겠는가.

단 한순간의 방심이 부른 대가치고는 너무나 컸다. 무당과 최고의 고수이며, 무림의 십대고수로 추앙받던 검제가 그의 한 수에 무너지다니.

"이대로 무너지지는 않는다!"

검제가 청광검을 치켜든 채 동귀어진의 기세로 뇌진천을 향해 쇄도했다.

'삼 보 이전에 끝내면 된다!'

하지만 뇌진천도 이미 예상하고 있던 반격이었다. 그는 재빨리 급류용퇴의 신법으로 몸을 뺐다.

뇌진천과의 거리가 멀어지자 검제는 그를 향해 검강을 발출했다. 자색의 검강과 함께 손으로 몰려든 피가 분수처럼 뿜어졌다.

"헉!"

"안 됩니다!"

멀리서 지켜보던 무당의 도인들이 외마디 비명을 질렀다.

그들에겐 태산보다 높고 굳건하던 검제다. 그런 그가 뇌진천의 교활한 한 수에 목숨을 잃다니!

분노한 마음도 잠시, 그들을 더 크게 억누르는 마음은 절망감이었다.

검제도 감당 못한 뇌진천을 그들이 무슨 수로 막겠는가.

마음의 절망은 순식간에 상황으로 드러났다.

힘 빠진 무당의 도인들을 향해 마교 무사들의 무자비한 살육전이 시작된 것이다.

그리고 길고 잔인하던 싸움이 끝났을 때는 마교의 무사들도 얼마 남아 있지 않았다.

뇌진천은 자신에게 주어진 임무대로 무당파를 몰살시켰다. 하지만 그가 치른 대가도 만만치 않았다.

"생각보다 손실이 너무 크군."

뇌진천이 못마땅한 표정으로 입술을 짓씹었다.

개인 정예 부대의 상당수를 잃었으니 당장 구마천 내에서 자신의 입지 자체가 흔들릴지도 모른다.

"그럴 리가 없지. 내가 이 정도 손실을 입었으면 혈검 포유도 마찬가지일 테지."

그는 애써 자신을 위로했다.

하지만 마음은 이미 화산으로 달려가고 있었다.

동시 다발적으로 진행되는 마교의 구대문파 섬멸 작전은 무림을 충격과 혼돈으로 몰아넣기에 충분했다.

충격과 혼돈으로 다가온 치욕의 불길은 화산파도 피해가지 않았다.

다만 차이가 있다면 화산파는 처음부터 맞서는 것보다 피하는 쪽을 선택했다는 점이었다.

휘아의 역할이 컸다. 그녀는 처음 장천이 계산했던 대로 화산파의 길잡이 노릇을 했다. 그녀의 등장에 화산파는 아무런 의심도 없이 산문을 열었고 그것은 즉시 혈겁으로 이어졌다.

하지만 그녀를 앞세워 화산파를 공격한 혈검 포유도 계산하지 못했던 점이 있었다.

그것은 휘아가 나이에 비해 튼튼한 내공을 갖추고 있다는 사실이었다. 현각의 실수에서 비롯된 내공의 증진이었지만 어쨌든 휘아는 전음을 시전할 정도의 내공을 갖추고 있었다.

그녀는 산문을 들어서자마자 장문인을 향해 전음을 날렸다.

천도문의 몰락을 두 눈으로 똑똑히 본 휘아가 아닌가. 그녀가 전한 말은 한마디였다.

'천도문이 몰살했어요!'

짧은 말이었지만 군자검 옥양호는 상황을 신속하게 파악했다.

천도문 같은 거대 문파가 소문도 없이 몰살했다면 마교의 공격이 얼마나 매서웠다는 말이겠는가.

그는 처음부터 문파를 지키는 쪽보다 제자를 살리는 쪽을 택했다. 그리고 처음부터 원로원에 도움을 청했다.

마교는 쉬운 기습을 위해 휘아를 동반했지만 그녀 덕분으로 화산파는 현명하고 적절한 판단을 할 수 있었다.

화산파는 싸움이 시작되자마자 탈출을 시작했다.

그들의 싸움은 문파를 지키고 빼앗는 것이 아니라 한 명이라도 더 탈출하려는 쪽과 탈출을 막으려는 쪽의 추격전이었다.

당연히 마교의 힘은 분산되었고, 덕분에 화산파는 제법 많은 생존자를 남길 수 있었다.

마교의 신속하고 집요한 추적 때문에 탈출자들 중 얼마나 살아 있는지는 알 수 없지만 화산제일검 강호성은 살아 있었다. 그리고 휘아도 강호성의 품에 안겨 살아 있었다.

휘아는 이를 악문 채 눈물과 슬픔을 참아냈다. 하지만 화산을 벗어나자 참고 억눌렀던 눈물이 비처럼 쏟아졌다.

"다른 사람들은 어떻게 됐을까요?"

"모두들 살아 있을 게다. 걱정 말아라."

"화산파는 이제 끝인가요?"

"내가 살아 있고 네가 살아 있는데 화산파가 왜 끝이냐? 산을 지키는 게 문파를 지키는 게 아니다. 사람을 지키는 게 진정으로 문파를 지키는 것이지."

"흑흑흑……."

강호성의 말을 이해하면서도 휘아는 봇물처럼 터지기 시작한 눈물을 주체하기 어려웠다. 수많은 사형과 사매들, 그리고 사백님과 사숙님들이 죽어가던 모습을 잊을 수가 없었다.

더욱이 자신이 그 길잡이 노릇을 했다는 죄책감은 평생 휘아를 짓누르게 될 터였다.

강호성이 안타까운 마음으로 말했다.

"네 잘못이 아니야."

"흑흑흑……."

"네 덕분에 우리가 살아남은 거야. 너의 언질이 아니었으면 우리도 마지막까지 맞서 싸우려 했을 거다. 그럼 몰살당했을지도 모르지. 장문인께서도 고마워하실 게다."

어린 휘아지만 지금 자신의 눈물이 오히려 사부님께 짐이 된다는 사실 정도는 알았다. 하지만 멈춰지지가 않았다.

"우리는 이제… 흑흑… 어디로 가요……?"

잠시 생각하던 강호성이 조용히 말했다.

"숭산으로 가자."

2

천 도문을 거점으로 순식간에 펼쳐진 기습에 구대문파 중 여덟 문파가 주저앉았다. 이제 구대문파 중 남아 있는 문파는 소림사 하나뿐이었다.

하지만 마교도 아주 편한 입장은 아니었다.

정도무림의 연합을 봉쇄하기 위해 단기간에 펼쳐진 기습 작전은 어쩔 수 없이 그들의 세력을 분산하게 만들었고, 그로 인한 손실이 결코 작지 않았다.

무엇보다 마음에 걸리는 것은 오대세가가 건재하다는 사실이었다.

물론 그들은 마교에 의해 앞뒤로 봉쇄된 상태이긴 하지만 그렇다고 오대세가의 저력을 무시할 순 없었다.

소림사와 내통해 앞뒤로 협공을 가할 수도 있고, 아니면 마교의 봉쇄를 뚫고 소림에 합류할 수도 있었다.

물론 양쪽 다 쉬운 방법은 아니겠지만 희생을 감수한다면 충분히 가능한 시도였다. 그리고 오대세가의 저력과 자존심이라면 해낼 것이다.

마교에서 원하는 것은 그들이 움직이기 전에 소림사를 함락시키는 것이었다.

정도무림의 정신적 지주인 소림사마저 무너지면 오대세가는 움직이지 못할 것이다. 어차피 그들의 힘만으로 마교와 맞선다는 것은 무리니까.

남아 있는 장애물은 십대고수들의 존재였다.

십대고수 중 정도무림에 속한 이가 여섯이었다. 그들은 목숨을 걸고라도 소림에 합류해 마교와 맞서려 할 것이다.

그들 중 구대문파에 소속된 고수는 세 명이었다.

곤륜파의 철혈대종(鐵血大宗) 여동청과 무당파의 검제(劍帝) 풍아삼, 그리고 소림사의 숭산고성(崇山高星) 정오 대사가 바로 그들이다.

철혈대종 여동청과 무당파의 검제 풍아삼은 이미 문파의 운명과 함께 유명을 달리했다. 물론 그들을 꺾기 위해 마교가 치른 희생도 만만치 않았다.

가장 큰 희생은 구마천의 일인인 쌍부혈랑 흑웅이 죽은 것이었다. 곤륜파의 철혈대종이 그와 함께 동귀어진해 버린 것이다.

그리고 무당파를 공격했던 일장필살 뇌진천은 개인 무사들의 팔 할을 잃는 손실을 입었다.

반면 화산파를 공격한 혈검 포유는 큰 손실을 입지 않았다. 화산파가 정면으로 맞서는 대신 도망을 택했기 때문이다.

하지만 그는 화산파에 너무 많은 생존자를 남겨놓은 것에 대한 추궁에서 자유롭지 못한 처지였다.

한때 장승풍의 거처였던 청룡전에 모여 있는 구마천의 팔인 사이에는 긴장된 기운이 감돌았다.

중원정벌이란 대의에는 동의했지만 그 안에 담긴 개인의 욕망은 모두 다른 사람들이었다. 당연히 서로를 견제할 수밖에 없는 입장들인 것이다.

가장 입장이 난처한 사람은 가장 큰 희생을 치른 뇌진천이었다.

마황은 처음부터 그에게 무당을 맡겼다. 가장 강한 세력을 가졌으니 가장 강한 문파를 치는 것은 당연한 수순이었다.

마황의 목적이 자신의 세력을 약화시키기 위한 것임은 스스로도 알고 있었다. 하지만 무당파를 꺾고 나면 자신이 마교 내에서 차지할 수 있는 비중도 그만큼 커질 터였다.

그것이 마황의 속셈을 알면서도 순순히 그의 명을 따른 이유였다.

하지만 이 정도 희생을 치를 것이라곤 예상하지 못했다. 구대문파의 저력을 만만히 본 대가였다.

무엇보다 그를 화나게 하는 것은 그의 경쟁 세력인 혈검 포유가 크게 손실을 입지 않았다는 점이었다.

마황을 누르기 위해선 먼저 넘어야 하는 산이 혈검 포유였다.

그런데 세력의 팔 할을 잃은 자신에 비해 그의 세력은 너무나 온전한 것이다.

뇌진천은 포유를 보며 넌지시 말했다.

"이번 소림사의 공격에는 혈검께서 앞장을 서시는 게 어떻겠소? 우리 중 손실도 가장 적은 사람이 혈검이신 것 같은데……."

혈검 포유라고 뇌진천의 속내를 왜 모르겠는가.

하지만 세력을 잃은 뇌진천이라면 두려워할 필요가 없었다. 오히려 그의 신경을 자극하는 쪽은 장천이었다.

마황이 직접 끌어들인 것도 그렇고 마황의 무공을 전수해 준 것도 그렇고.

게다가 그를 내세워 장악한 천도문을 마교의 거점으로 삼고 있지 않은가. 모든 정황이 마황이 그를 후계자로 키우고 있음을 증명하고 있었다.

중원정벌이 끝나면 마황은 본격적으로 그의 후계 구도를 강화하려 할지도 모른다.

포유는 그전에 장천의 힘을 꺾고 싶었다.

그래서 그는 뇌진천에게서 날아온 화살을 장천에게로 돌렸다.

"저의 생각으로는 구공자께서 선봉에 서시는 것이 옳다고 봅니다."

포유가 싸늘하게 말했다.

구공자는 느닷없이 나타나 구마천의 한자리를 차지해 버린 장천을 비꼬아 부르는 호칭이었다.

장천은 상관하지 않았다. 상관할 필요도 없고.

"저도 그러고 싶습니다만, 제게는 이곳을 지키라고 하시더군요. 저는 명령에 따를 뿐입니다."

그에게는 소림을 치는 것보다 더 막중한 임무가 주어져 있었다. 현각을 찾는 것.

그 임무를 알고 있는 사람은 현각과 아수라성녀 서희, 단둘뿐이었다.

뇌진천과 포유의 따가운 시선이 장천을 향했다.

그러자 사망독비 율화가 재미있다는 듯이 염라불 마승에게 말을 걸었다.

"소림사로 가는데 염라불께서 앞장서시는 건 어떨까요?"

"같이 부처님을 모시는 처지에 그럴 수야 있나?"

"호호호! 당신이 부처님을 모시는 줄은 오늘 처음 알았네요."

"크크크! 중놈들에게 적선하는 셈치고 사망독비께서 그 요염한 자태를 보여주시지?"

"적선을 할 거면 저보다야 젊은 아수라성녀가 좋겠지요."

서희가 그들을 보며 말없이 싱긋 웃었다.

결국 자신을 앞세워 장천을 끌어들이겠다는 수작이니까.

하지만 그들의 짐작과 달리 장천과 서희 사이에는 아무런 일도 일어나지 않았다. 서희로서는 김빠지는 동행이 아닐 수 없었다. 게다가 장천과 마황 사이의 관계도 밝혀내지 못했으니 심심하기까지 했다.

모처럼 재미있는 일이 벌어지는데 굳이 마다할 그녀가 아니었다.

서희는 길고 오랜 침묵을 지키고 있는 두 명의 노인에게 시선을 옮겼다. 그들은 추혼수 종일비와 비천왜수 풍갈로 마황의 직속 수하들이었다.

구마천 내에서도 그들의 과거에 대해서는 별로 아는 것이 없었다. 다만 항상 같이 움직인다는 것과 마황의 수족 같은 존재들이라는 것 외에는.

"두 분께서 저와 함께 선봉을 서시는 게 어떨까요?"

"그럽시다."

"나도 좋네."

종일비와 풍갈은 흔쾌히 동의했다.

오히려 머리 속이 복잡해지는 것은 뇌진천과 포유였다.

소림사의 결전에서 그들이 부상이라도 당한다면 마황은 수족을 잃게 되는 셈이다. 하지만 그들이 아무런 손해 없이 소림사를 쓸어버린다면?

그렇게 되면 마황의 입지는 한층 견고해질 것이다.

자신이 손해를 보는 것도 싫지만 마황에게 기회를 주는 건 더욱 싫은 뇌진천이다. 그가 재빨리 말했다.

"제가 그 뒤를 맡지요."

"저도 동행하겠습니다."

포유도 지지 않고 말했다.

"우리도 몸이나 풀러 가볼까요?"

사망독비 율화의 말에 염라불 마승이 예의 그 느끼한 미소를 지으며 답했다.

"당연히 그래야지요. 허허허."

서희의 한마디로 소림사 결전의 진용이 짜여진 것이다.

"출발은 내일 아침에 하도록 하지요."

이제 더 이상 기습이 아니다.

중원을 벌집처럼 들쑤셔 놨으니 이제 확실하게 그 종지부를 찍을 차례였다. 중원무림의 정신적 기둥인 소림사를 무너뜨리는 것으로.

결전을 앞두고 모두들 자기의 처소로 돌아갔지만 서희는 끝까지 자리를 지키고 남아 있었다.

"내게 할 말이라도 있소?"

서희는 말 대신 야릇하고 자신만만한 미소를 지었다.

장천의 눈이 살며시 굳어졌다.

"찾았군요."

"독화대를 보냈어요."

암습과 암살에 가장 능한 이들이 바로 독화대였다. 그녀들이라면 장천도 믿을 수 있을 것 같았다.

"제게 점점 빚이 느는군요."

"원하는 게 뭐요?"

"말했을 텐데요."

"……!"

그녀가 원하는 것은 장천이라는 사내였다.

장천은 이제 그녀의 요구에 대답해야 할 시점이라는 것을 느꼈다. 처음부터 그녀는 자신의 지원군이었고 앞으로도 든든한 버팀목이 되어줄 것 같은 존재였다.

한데 그녀를 받아들이기 어려운 이유가 뭘까?

그 이유는 자신의 발 밑에 있었다. 좀 더 정확히 말하면 자신의 발 밑에 있을 청룡전의 지하 석실, 그곳에 자신의 발목을 잡는 이유가 있는 것이다.

"소저의 빚은 반드시 갚겠소. 하지만 아직은 아니오."

"호호호호! 원래 뜸을 오래 들일수록 쌀이 잘 익는 법이지요. 하지만 너무 오래 들이면 쌀이 탈 수도 있어요."

오싹한 미소와 함께 뒤돌아 나가는 서희의 뒷모습을 보며 장천은 깨달았다.

'그녀는 나를 통해 천마교를 취하려 하는구나.'

마황의 후계자인 장천을 손아귀에 넣어 마교를 지배하려는 것이 서희의 진정한 속셈이었던 것이다.

그녀의 가면 속에 숨겨져 있는 또 하나의 얼굴이 바로 '야망'의 얼굴이었다.

서희가 자신에게 접근한 목적이 야망 때문이라면 그 목적을 달성하기 전까지 쉽게 물러서지 않을 것이다.

서희의 속셈을 알고 나니 장천은 오히려 마음이 편해졌다.

자신이 별 볼일 없는 사람이 되는 순간, 그녀는 저절로 떠날 테니까. 마황의 속내는 알 수 없으나 자신이 마황이 원하던 사람이 아닌 것만은 분명한 사실 아닌가.

물론 그 사실이 밝혀지면 자신의 목숨도 온전치 못하겠지만 불안하지는 않았다. 사는 것이 죽는 것과 별반 다를 것도 없이 느껴지니 말이다.

마교와의 관계가 더 깊어질수록, 자신의 손에 묻어가는 피가 늘어날수록 장천을 짓누르는 삶의 무게도 점점 버거워졌다. 차라리 죽음이 그리워질 정도로……

어두운 지하 통로에 웅크리고 앉아 있는 목우령은 살아 있는 사람이 아니라 굳어버린 석상 같았다.

마교가 천도문에 집결하면서부터 그는 이 지하 석실을 떠나지 않았다.

어차피 사 년간 살았던 곳이다. 그에겐 빛보다 이 어둠이 더 익숙했다. 더욱이 이 어둠의 저쪽 끝에는 백화린이 갇혀 있다.

그녀가 토해내는 절망과 고통의 신음조차 목우령에게는 삶의 의지였다. 그녀를 지켜주기 위해서라도 그는 이 어둠 속을 떠날 수 없었다.

오랫동안 닫혀 있던 지하 석실의 입구가 소리없이 열렸다.

석상처럼 웅크려 있던 목우령이 반사적으로 몸을 벌떡 일으켰다.

열려진 문으로 아리도록 따가운 빛이 스며들고, 그 빛을 따라 장천이 들어서고 있었다. 목우령은 경계를 풀지 않은 채 그를 노려봤다.

마치 낯선 사람을 대하는 듯한 긴장과 적대감이 가득한 눈빛이다.

장천은 말없이 목우령을 지나쳐 백화린을 가두고 있는 뇌옥 앞에 멈췄다.

백화린 역시 낯선 사람을 대하는 듯한 냉담한 눈길을 그를 맞았다.

"무슨 일이십니까?"

"물어보고 싶은 게 있어서 왔소."

장천의 목소리는 조용하고 담담했다.

"……?"

"당신은… 나의 부인이오, 아니면 그자의 부인이오?"

"……."

백화린이 멍하게 장천을 쳐다봤다. 그는 정말로 담담한 표정으로 백화린의 대답을 기다리고 있었다. 어떤 적대감도 담기지 않은 모습이다. 마치 이미 마음을 정리했으니 진심을 말해 달라는 듯한 그의 모습에 백화린이 천천히 입을 열었다.

"저의 부군께서는 이미 오래전에 죽었습니다. 제 실수로 그분을 죽였기에 지금 벌을 받고 있는 중입니다."

장천이 마음속으로 깊은 한숨을 내쉬었다.

그녀에게서 어떤 대답을 기대했던 걸까? 아직도 자신의 아내라고 말해 주길 기다렸던가?

아마도 그랬던 모양이다. 그녀의 대답이 이토록 가슴을 공허하게 만드는 걸 보면.

자기의 손으로 천도문을 쓸어버렸지만 마음 한편으로는 돌아가고 싶었나 보다. 백화린만 받아준다면 돌아갈 수 있을 것이라고 생각했던 모양이다.

장천이 씁쓸하게 웃었다.

그리곤 등 뒤에 숨겨온 백화린의 묵도를 뇌옥 안으로 던져 줬다.

"떠나시오."

"……?"

"내일이면 소림사와의 결전을 위해 모두 숭산으로 떠날 것이오. 목 사형과 함께라면 벗어날 수 있을 게요."

"하, 하지만……."

백화린이 뭐라 말하기도 전에 장천은 이미 목우령을 향해 신형을 옮기고 있었다.

목우령에게 꺼내주는 것은 열쇠였다.

"숙부님들은 후원의 뇌옥에 갇혀 있소."

뇌옥의 입구를 향해 천천히 걸어가는 장천을 등 뒤를 향해 목우령이 입을 열었다.

"사제는… 어찌할 건가?"

장천의 걸음이 멈췄다. 하지만 뒤돌아보지는 않았다.

"내가 아직도 사제인가요?"

"그러길… 바란다."

"후훗, 기대하지 마십시오. 이미 돌아갈 수 없는 강을 건너온 사람이
니까."

목우령은 느낄 수 있었다, 그가 후회하고 있음을.

하지만 그의 말대로 너무 멀리까지 가버렸는지도 모른다.

스스로의 손으로 천도문의 식솔들을 모조리 죽인 죄를 어떻게 돌이
킨단 말인가? 장천은 덫에 갇혀 버린 것이다. 앞으로 나아갈 수도, 뒤
로 돌아갈 수도 없는 깊고 어두운 덫.

'나는 비록 몸이 갇혀 있을 뿐이지만 그분은 마음이 갇혀 버렸구
나.'

장천의 처지를 생각하면 백화린은 여전히 마음이 아팠다.

제6장

무림 출도

1

단숨에 삼치거인의 경지까지 이를 것 같던 현각의 무형공은 더 이상 진전이 없었다.

자신의 무공이 늘수록 마음이 조급해지기 때문이었다. 처음엔 아무 생각 없이 진짜 무형공을 익히겠다는 마음뿐이었다.

하지만 삼치거인과의 비무 이후 그의 마음은 이미 천도문을 향해 달려가기 시작했다. 마음이 떠나 있으니 무형공에 집중이 될 리 없었다. 잡념이 깃든 무형공은 제자리걸음을 할 수밖에 없었다.

"아직 다들 무사할까?"

삼치거인과 수양산에 들어온 이래, 사람은 한 번도 본 적이 없었다. 당연히 무림의 정세에 관한 소문도 전혀 들어보지 못했다.

무형공의 수련에 집중하는 동안은 의식하지 못했지만 무형공이 어느 정도 경지에 이르고 나자 천도문에 대한 걱정으로 아무것도 손에 잡히지 않았다.

"도저히 안 되겠다!"

현각은 삼치거인 몰래 마을에 내려가 보기로 마음먹었다.

일단 사람 사는 곳을 찾아가 보면 작은 소문이라도 들을 수 있지 않을까 하는 것이 그의 생각이었다.

현각은 바람에 몸을 싣고 달리기 시작했다. 마치 바람에 실려 날아가는 낙엽처럼 그의 몸은 가볍고 유연하게 숲을 질주했다.

마을을 찾는 일은 쉬웠다.

사람의 기운과 체온이 느껴지는 곳을 향해 달려가면 되니까. 무형공이 경지에 오른 현각에게 사람의 기운을 느끼는 것은 조용한 숲에서 거센 폭포를 찾는 것만큼이나 쉬운 일이었다.

한참을 바람처럼 달려가던 현각이 갑자기 걸음을 딱 멈췄다. 낯선 사람의 기운을 느낀 것이다.

"무공을 익힌 사람의 기운인데? 그것도 한 명이 아니라 여러 명……."

이 깊은 숲까지 찾아온 무인이 누구일지 궁금했다. 그 사람이 설사 자신을 잡으러 온 사람이라 해도 별로 두렵지 않았다. 차라리 자신의 무형공이 얼마만큼 효과를 발휘할지 시험해 볼 좋은 기회라 여겨졌다.

현각은 망설이지 않고 방향을 바꿨다.

바람처럼 숲을 질주하던 현각의 눈이 휘둥그레졌다. 숲 속에 쓰러져 있는 피투성이 여인이 보였기 때문이다.

"어라?"

현각은 속도를 늦추며 여인에게 다가갔다.

의식을 잃은 듯 쓰러져 있는 여인은 한 떨기 수선화처럼 청초하고 아름다웠다. 이런 깊은 숲에서 죽어가도 좋을 여인이 절대 아니었다.

"이보시오, 소저."

현각의 목소리에 여인의 눈꺼풀이 파르르 떨렸다. 그리곤 호수처럼 깊은 눈망울을 드러내 보였다.

"도, 도와… 주십시오……."

여인이 도와달라는데 어떻게 사양하겠는가. 그것도 눈부시게 아름다운 여인의 부탁을.

"어디를 다친 거요?"

여인은 가슴에서 복부 부근까지 커다란 검상을 입은 채 피를 쏟아내고 있었다.

"쯧쯧, 누가 이렇게 고약한 짓을. 이거 도저히 안 되겠군. 사부님께 보여 드려야 될 것 같소."

현각이 여인을 조심스럽게 안아 들었다. 여인은 지친 숨결을 토하며 그의 몸에 팔을 감았다. 여인의 손을 통해 따뜻하고 포근한 기운이 느껴졌다. 거기다 가슴이 두근거리는 것이 흥분된 기운까지 느껴졌다.

'환장하겠군. 아무리 여자를 안아본 게 오래전 일이라고 해도 다친 여자에게 욕정이 일다니.'

남양을 배회하던 시절의 현각이었으면 당연하다 여겼겠지만 지금은 아니었다. 그도 어렴풋이 사람의 도리라는 것을 배워 버린 것이다.

게다가 백화린을 향한 의리는 그의 모든 것을 변화시킬 만큼 확고했다. 그런데도 가슴이 두근거리다니.

머리를 갸웃하던 현각이 느닷없이 조심스럽게 안고 있던 여인을 바닥에 팽개쳐 버렸다.

"젠장!"

이제야 깨달은 것이다. 여인의 손을 통해 자신에게 독이 투입되고 있었다는 것을.

"꺄르르르!"

당장이라도 죽을 것 같던 여인이 교소를 터뜨렸다.

"이런 망할 년! 도대체 넌 누구냐?"

"후훗, 알 것 없다."

씨익 웃는 여인의 치아 사이로 검푸른 가루가 흘러내렸다. 여인은 이내 입술 사이로 붉은 핏물을 쏟으며 숨을 멈췄다. 독단을 물어 자결해 버린 것이다.

세상에 무서울 게 없는 현각도 오싹한 기분이 들었다.

독단을 물어 자결하는 것은 할 수 있는 일이다. 현각을 두렵게 하는 것은 자신을 유인하기 위해 스스로 검상을 만든 채 고통을 견뎌낸 여인의 독기였다.

하지만 현각의 깨달음보다 더 빠르게 다가온 것이 있으니 바로 일단의 여인들이었다. 어느덧 현각을 에워싸고 있는 여인들이 일제히 교소를 터뜨렸다.

"꺄르르르!"

여인들의 웃음이 깊은 숲 속에 울려 퍼지자 현각의 두근거림은 한층 커졌다.

현각이 어찌 알겠는가.

여인들의 웃음이 바로 탕백마음(婸魄魔音)을 시전하는 것임을.

탕백마음은 독화대가 자랑하는 최고의 비기였다. 절정의 고수를 상대하기 위한 음공인 탕백마음은 먼저 방심한 상대에게 은밀하게 독을 시전한 후에 자미소(紫媚笑)로 상대의 정신을 제압하는 음공이었다.

"흥! 이깟 사공으로 무형공을 꺾을 수 있을 것 같냐?"

현각은 가슴을 요동치게 만드는 독 기운을 몰아내기 위해 내공을 운기했다. 하지만 귓전으로 쉴 새 없이 스며드는 소리 때문에 오히려 가슴의 두근거림이 점점 커져만 갔다.

체내에 스며든 독이야 내공으로 몰아낼 수 있다지만 소리는 쉽게 떨쳐 버릴 수 없는 것이다. 정신을 집중한 채 소리를 외면하면 되겠지만 이미 체내에 스며든 독 때문에 그 또한 쉽지 않았다.

그래서 절정의 고수들도 탕백마음 앞에 무너지는 것이다. 그것은 무형공을 익힌 현각이라 해도 마찬가지였다. 상대가 부상당한 여인이라는 이유로 방심한 것이 화근이었다.

만약 상대가 남자였다면 살기를 느꼈을 것이고, 음공의 음탕한 기운도 느꼈을 것이다.

독화대가 현각을 제압하기에 가장 훌륭한 무기라는 서희의 계산은 정확했다.

점차 음공의 기운이 퍼져 가며 현각은 호흡까지 거칠어지기 시작했다. 그러자 기다렸다는 듯이 독화대의 서슬 퍼런 공격이 시작됐다.

사면에서 네 사람이 빠르게 움직이는가 싶더니 일제히 쌍장을 떨쳐냈다. 현각도 손을 휘둘러 네 사람의 공격을 막아냈다. 그러나 몸을 움직이자 가슴의 두근거림이 더 커졌다. 게다가 그를 에워싼 독화대가 마치 나신으로 서 있는 듯한 착각까지 들었다.

현각이 환각에 빠져 허우적거리는 동안 그가 생각지도 못했던 일이 벌어졌다.

가만히 서 있는 것 같던 뒤편의 여인들이 날아들며 현각의 목덜미를 잡아 내동댕이친 것이다.

"꺄르르르르!"

그 순간에도 독화대의 교소는 멈추지 않았다.

"헉헉……!"

현각은 식은땀까지 흘리며 전신을 억누르는 욕정과 맞서고 있었다.

욕정도 인간의 본능이고 자연을 유지시켜 나가는 순리다. 그렇기 때문에 현각을 짓누르는 욕정은 무형공으로도 꺾이지 않았다. 그것 또한 인간의 자연스러운 모습이니까.

독화대도 미처 계산하지 못한 무형공의 치명적인 약점이 드러난 셈이었다.

처음부터 막아냈다면 모를까, 이미 욕정에 사로잡힌 상태에서는 도저히 벗어날 방법이 없었다. 더욱이 밥보다 여자를 좋아하던 현각에게 이보다 더 효과적인 공격이 어디 있으랴.

거친 호흡을 헐떡이는 현각이 정면의 여인을 향해 달려들었다. 그로서는 마지막 발악 같은 움직임이었다.

욕정에 짓눌리지 않으려면 생각을 하지 말아야 한다. 소리도 듣지 말아야 하고, 그녀들을 쳐다보지도 말아야 한다.

현각은 눈도 감고, 귀도 막은 채 양 발만으로 독화대 사이를 휘저었다.

눈으로 보지 않아도 그는 정확하게 상대의 위치를 파악할 수 있었다.

사람의 기운이라는 것이 때로는 눈에 보이는 모습보다 정확하기도 한 법이다.

현각은 가차없이 발을 휘둘렀다.

퍽!

별 의미 없는 것 같은 발차기였지만 그 발에 실린 힘은 천 근 바위보다 강력했다. 독화대의 여고수도 재빨리 몸을 뒤로 뺐다. 하지만 현각의 발은 마치 자석에라도 이끌리듯 그녀를 쫓았다. 현각이 발을 움직이는 것이 아니라 발이 현각의 몸을 끌고 오는 듯한 모습이었다.

그림자처럼 여인을 쫓아간 현각의 발이 여인의 등을 격타했다.

퍽!

북이 찢어지는 소리가 났다.

그리곤 여인이 입으로 검은 피를 한 움큼 토해내며 그대로 고꾸라졌다. 현각의 발차기 한 번에 내장이 진탕하며 즉사해 버린 것이다.

탕백마음에 중독된 상태면 내공을 운용하지 못하는 게 정상이다.

하지만 현각에게는 통하지 않는 말이었다.

단지 탕백마음만으론 그를 제압할 수 없을지도 모른다는 생각이 들자 독화대가 일제히 현각을 향해 몸을 날렸다.

그녀들의 기운보다 먼저 다가오는 것은 심장을 터뜨려 버릴 듯한 교소였다.

"꺄르르르르!"

점점 웅혼한 내공을 담아내는 그녀들의 교소는 귀를 막고 있다고 해서 피할 수 있는 것이 아니었다.

심장의 일렁거림은 더욱 커지고, 혈관은 당장이라도 폭발할 듯이 부풀어 올랐다. 현각은 더 이상 참지 못하고 눈을 떴다.

"헉!"

그러자 여신처럼 완벽하게 아름다운 여인들의 나신이 펼쳐져 있는 게 아닌가.

현각이 숨까지 헐떡이며 정면의 여인에게로 달려들었다.

"소저!"

그것은 공격이 아니라 여인을 품으려는 남자의 필사적인 몸짓이었다.

"꺄르르르!"

쉬지 않고 교소를 터뜨리며 독화대가 일제히 현각을 향해 장력을 떨치려는 순간이었다.

파파팍!

숲을 가로지르며 맹렬하게 날아드는 강렬한 장력의 폭발이 일었다.

"핫!"

기습적인 공격에 당황한 독화대가 웃음을 멈추며 재빨리 뒤로 물러섰다. 그녀들이 물러서는 것과 동시에 붉은 옷자락을 펄럭이며 현각을 향해 번개처럼 날아드는 여인이 있었다.

"어? 너는……!"

현각이 눈을 희번덕거리며 홍의여인을 안으려 하자, 여인의 거센 주먹이 현각의 복부를 강타했다.

"큭!"

이어 홍의여인의 얼음장처럼 차가운 장력이 현각의 심장을 겨냥했다. 그 순간에도 현각은 여인의 체취를 느끼며 숨을 헐떡이고 있었다.

"이런, 바보!"

홍의여인이 현각의 심장을 향해 차가운 장력을 밀어 넣었다.

탕백마음의 열기와 홍의여인이 밀어 넣은 냉기가 부딪치자 현각의 얼굴이 울그락불그락하며 쉴 새 없이 일그러졌다.

"이것도 못 버티면 죽어야지."

홍의여인은 냉정하게 말하며 현각의 몸 위로 훌쩍 솟구쳐 올랐다. 비조처럼 날렵하게 몸을 날린 홍의여인은 그대로 독화대를 향해 쉴 틈 없는 공격을 펼쳐 내기 시작했다.

그녀의 몸놀림은 기괴할 정도로 날렵한 데다 그녀가 펼쳐 내는 일 초 일 장에 담긴 절륜한 내공은 독화대조차 움츠러들게 만들 정도였다.

홍의여인의 맹렬한 공격에 뒤로 물러서 있던 독화대의 한 명이 싸늘하게 말했다.

"지금 보니 흑란곡에서 온 년이군."

현각을 쓰러뜨리고 독화대를 상대하는 홍의여인은 바로 흑영영이었다.

십 년에 한 번 나올까 말까 한 흑란곡 고수의 무림 출도는 무림에 새로운 초절정고수가 등장했다는 의미였다. 장차 무림을 진동시킬 흑란곡의 초절정고수가 바로 흑영영인 것이다.

"미련한 것들. 이제야 본녀의 정체를 깨닫다니 네년들의 짧은 안목이 화를 자초한 줄 알아라!"

앙칼진 말과 함께 흑영영의 한층 거세진 공격이 독화대를 몰아붙였

다. 그녀의 손에서 발출되는 얼음 같은 섬광이 유성처럼 숲을 뒤덮었
다.

　마교의 정예인 독화대라 할지라도 이미 초절정의 경지에 올라선 흑
영영을 막기에는 역부족이었다. 그녀들은 흑영영 근처에 접근도 해보
지 못한 채 피를 토하기 시작했다.

　어느덧 흑영영 뒤편에 쓰러져 있던 현각은 눈에 보이지도 않았다.

　"앗!"

　독화대의 여고수들이 놀란 눈을 부릅떴다.

　흑영영의 손에 죽는 것은 두렵지 않다. 하지만 부여받은 임무는 완
수해야 할 그녀들이다. 그런데 그녀들에게 주어진 임무인 현각이 사라
져 버린 것이다.

　조금 전까지 의식도 없이 쓰러져 있던 현각이 어디로 사라졌단 말인
가.

　독화대의 고수 중 한 명이 흑영영 뒤편의 숲을 보며 외쳤다.

　"저기다! 저쪽에 있어!"

　독화대가 흑영영을 피해 뒤편의 숲으로 돌진했다.

　"흥! 본녀가 있는 한 그의 몸에 손끝 하나 대지 못할 것이다!"

　흑영영이 피처럼 붉은 옷자락을 휘날리며 독화대에게로 쇄도했다.
그녀의 움직임은 마치 촛불이 일렁이는 것처럼 긴 잔상만을 남기며 실
체는 보여주지 않았다. 그녀가 이동하는 자리마다 붉은 잔상이 길게
남아 독화대 주변으로 붉은 잔상의 울타리가 쳐졌다.

　천마무영신법의 묘용이 빠르기에만 있는 것은 아니었다. 때로는 바
람보다 빠른 듯, 혹은 구름보다 느린 듯 움직이며 긴 잔상을 흘려 상대

를 현혹하는 것 또한 천마무영신법만이 가진 묘용 중 하나였다.

흑영영이 천마무영신법을 펼치며 독화대를 공격하는 동안, 독화대 역시 멈추지 않고 반격했다. 그녀들의 앙칼진 손놀림이 붉은 잔상을 찢고 쉴 새 없이 숲을 뒤흔들었다.

하지만 흑영영은 마치 실체가 없는 사람처럼 그녀들의 손에 잡히지 않았다. 반면 흑영영이 쏟아내는 빙유섬강에 격중당한 독화대의 여고 수는 여지없이 피를 토하며 쓰러졌다.

흑영영의 공격은 점점 빨라져서 마치 한 덩어리의 붉은 그림자가 독화대를 뒤덮고 있는 것 같았다.

"본녀의 남자를 희롱한 대가다!"

붉은 그림자 속에서 흑영영의 앙칼진 목소리가 들렸다.

독화대는 일제히 소리가 들려온 곳을 향해 장법을 떨쳤다.

파파파팡!

그녀들의 장법은 붉은 그림자를 뚫고 뒤편의 거송을 썩은 짚단처럼 날려 버렸다. 하지만 붉은 그림자가 사라진 곳에 흑영영의 모습은 보이지 않았다.

그 순간이었다.

"멍청한 계집들!"

목소리가 들린 곳은 독화대의 머리 위였다. 흑영영이 허공답보의 신법을 펼치며 허공에 오연히 버티고 서 있는 것이다.

"앗!"

독화대의 일부가 옷자락을 풍차처럼 휘두르며 흑영영을 향해 몸을 솟구쳤다. 나머지 대원들은 그 틈을 이용해 현각이 사라진 곳을 향해 몸을 날렸다.

　그녀들 모두가 힘을 모아도 상대하기 어려운 터에, 양쪽으로 인원을 나눠 버린 것이다. 그것은 흑영영의 시선을 막으며 현각을 제거하기 위한 필살의 움직임이었다.

　하지만 이미 빙유섬강을 극성으로 익힌 흑영영의 손을 피하기엔 무리였다.

　흑영영은 현각을 쫓는 독화대의 대원들을 향해 자색의 강기를 발출했다. 운무(雲霧)처럼 밀려간 자색의 강기는 그녀들의 등 뒤에 이르자 돌연 세찬 뇌전으로 돌변했다.

　파팡! 팡!

　운무처럼 허공을 가득 매우고 있던 자색 강기가 뇌전으로 변하자 독화대는 피할 공간이 없었다. 그것은 공기가 곧 뇌전인 것과 마찬가지인 상황이었다.

　"악!"

　등을 후려친 뇌전은 몸통을 관통하며 가슴으로 분수처럼 붉은 핏물을 뽑아냈다.

　현각을 쫓던 네 명의 독화대가 일제히 가슴으로 피를 토하며 쓰러진 것이다. 단 한 번의 손짓에.

　하지만 흑영영이 그들을 향해 강기를 발출하는 동안 나머지 독화대도 흑영영을 향해 장력을 떨쳐 냈다.

　사면에서 날아오는 강맹한 장력이 흑영영을 일제히 강타했다.

　콰콰쾅!

　강력한 폭발과 함께 허공에서 네 명의 장력이 폭발했다. 하지만 흑영영은 간발의 차로 그들의 장력을 피해 허공 더 높은 곳으로 몸을 날렸다.

휘리릭!

그리곤 또다시 자색의 강기를 발출했다.

독화대의 남은 고수들이 바닥에 내려서기도 전에 벌어진 일이었다. 그녀들의 발이 땅에 닿았을 땐 모두 심장에서 분수처럼 피를 쏟아내고 있었다.

그야말로 변변히 손 한번 써보지 못한 채 독화대가 흑영영에 의해 몰살당한 것이다.

독화대 스스로는 물론 아수라성녀 서희도 전혀 예상치 못했던 상황이다. 독화대가 이렇게 무력하게 무너지다니.

어쩔 수 없었다. 흑영영은 이미 중원의 십대고수들 못지않은 실력의 소유자가 되어버렸으니까.

절정고수에서 초절정고수로 넘어서는 것은 태산보다 멀고 높은 길이다. 하지만 일단 방법을 찾아내면 하룻밤에도 넘을 수 있는 길이기도 했다.

흑영영은 그 방법을 찾아낸 것이다. 물론 그녀의 깨달음 뒤에는 무후 교회라는 절세의 고수가 버티고 있었다.

흑영영을 무림에 출도시킨 것 또한 무후 교회의 힘이었다.

원래 흑란곡은 무림의 위기에 관여하지 않았다. 관여할 필요도 없었고.

하지만 이번은 달랐다. 무림에 불어닥친 피보라의 중심에 현각이 있으니까. 현각은 흑영영이 원하는 남자이기 이전에 흑란곡의 은인이기도 했다.

흑란곡 평생의 염원이던 수안공의 부작용을 풀 수 있는 열쇠를 준 사람 아닌가. 그런 그가 위기에 처했다니 흑영영에게 가서 도우라고 말했던 것이다.

단숨에 독화대를 몰살시킨 흑영영은 곧장 현각이 누워 있는 곳으로 내려섰다.

현각은 여전히 의식을 잃은 채 누워 있었다. 그리고 현각을 에워싼 채 안타깝게 내려다보는 네 명의 여인들이 있었다. 그중 가장 앞에 있는 여인은 천룡수호대 중 일호였던 월란이었다. 나머지 세 명도 마교의 추살에서 간신히 살아난 천룡수호대의 대원이었다.

현각이 알면 거품을 물고 반가워할 일이지만 현각은 아직 의식이 없었다.

"어때?"

흑영영의 물음에 월란이 정중히 대답했다.

"소곡주님 덕분에 위기는 넘기신 것 같습니다."

월란의 말대로 울그락불그락하던 현각의 안색은 점점 평온하게 가라앉고 있었다. 터질 듯한 욕정으로 소용돌이치던 심장의 요동도 멎어 있었다.

모두 빙설환의 효능이었다.

현각이 독화대의 탕백마음에 제압당했음을 안 순간, 흑영영은 재빨리 빙유섬강의 냉기로 탕백마음을 억눌렀다. 더 강한 무공으로 잠시 억눌러 놓은 것이다.

하지만 빨리 풀어주지 않으면 두 가지 무공의 충돌로 위독할 수도 있는 상황이었다. 그래서 사용한 것이 빙설환이다. 빙설환은 빙유섬강의 냉기는 물론, 탕백마음의 음기까지 깨끗하게 지워 버렸다.

"무림에 나오자마자 이런 꼴을 볼 줄이야!"

흑영영이 불만스럽게 투덜거렸다. 하지만 현각을 내려다보고 있는 그녀의 도도한 눈망울 속에는 걱정의 빛이 가득했다.

"이 깊은 산에 숨어서 무형공을 수련한다더니 놀고만 있었잖아. 아니면 왜 아직도……."

그녀의 핀잔이 들린 걸까?

현각이 비시시 눈꺼풀을 들어 올렸다.

2

눈을 뜨자마자 현각은 벌떡 몸을 일으켰다. 그리곤 폭풍 같은 진기를 일으키며 외쳤다.

"이 요악한 계집들! 내가……."

당장이라도 폭발할 듯이 이글거리던 현각의 진기가 파도처럼 스러지며 사라져 버렸다.

"어? 너, 너희들은……?"

"문주님!"

월란을 위시한 네 명의 천룡수호대가 일제히 현각을 향해 부복했다.

"살아 있었구나! 살아 있었어! 살아남은 거야!"

현각이 감동과 기쁨을 주체하지 못해 눈물까지 글썽이며 외쳤다.

"문주님 덕분에 비천한 목숨을 간신히 부지했습니다."

"비천하다니? 너희들이 내 힘이고 무긴데. 잘했다, 정말 잘했어."

"흥! 나는 보이지도 않는 거야?"

흑영영의 예의 그 도도하면서도 앙칼진 목소리가 현각의 귓전으로 스며들었다. 현각은 심장이 철렁하는 기분이었다. 그는 설마 하며 조심스럽게 목소리를 향해 고개를 돌렸다.

"헉!"

제발 아니길 바랐는데 역시 그곳에 버티고 서 있는 여인은 흑영영이었다.

'설마 이 상황에 아이를 만들자니 어쩌자니 하는 소리는 하지 않겠지?'

흑란곡을 떠나오던 그에게 반드시 빚을 받으러 오겠다고 다짐하지 않았던가. 흑영영이 스스로의 다짐을 지킬 거라는 사실쯤이야 현각도 알고 있었지만 이렇게 빨리 나타날 줄은 몰랐다.

"웬일이야?"

"웬일이냐고? 기껏 죽어가는 사람을 구해줬더니 웬일이냐고?"

흑영영이 당장이라도 폭발할 것 같은 표정으로 으르렁거렸다.

얼마나 반갑고 설레이는 마음으로 달려온 걸음인가? 그리고 얼마나 애타고 염려하는 마음으로 찾아온 길인가? 더욱이 그를 만나자마자 독화대를 상대로 한바탕 혈투를 벌인 흑영영이다.

그런데 웬일이냐니?

서운함과 원망에 흑영영의 눈망울 가득 핏발이 올랐다. 당장이라도 쏟아질 것 같은 눈물을 참느라 핏발만 선 것이다.

여자의 마음이라면 자신의 손금보다 잘 아는 현각인데 그녀의 눈에

선 핏발의 의미를 왜 모르겠는가. 하지만 그는 이미 그녀의 마음을 받아줄 수 없는 입장이었다.

자신을 위해 죽음과 맞선 백화린이 지옥 같은 천도문에 갇혀 있을 텐데 다른 여자의 마음을 어떻게 받아주겠는가.

흑영영에겐 미안하지만 그는 애써 흑영영의 마음을 외면했다. 그리곤 재빨리 천룡수호대에게로 말문을 옮겼다.

"그런데 어떻게 된 거야? 너희들이 어떻게 영아와 같이 여기까지 찾아왔어?"

월란과 나머지 세 명의 대원이 눈길을 주고받으며 살포시 웃었다.

"이심전심이라더니 저희들끼리 마음이 통했었나 봅니다."

처음 마교의 추적을 피해 도망가던 월란은 가까운 종남파로 갈 생각이었다. 하지만 그녀의 뜻대로 종남파에 갔었더라면 종남파의 몰락과 함께 그녀 역시 생명을 부지하지 못했을 것이다. 마교의 고수들을 피하기 위해 일단 계곡 물에 몸을 던진 덕분에 그녀는 화를 피할 수 있었다.

마교의 고수를 따돌리고 계곡을 벗어났을 때는 이미 종남파의 몰락이 세상을 시끄럽게 하고 있을 때였다. 그녀는 직감적으로 화산파도 결코 안전한 곳이 아니라는 생각이 들었다. 그때 생각난 것이 흑란곡이었다.

그녀들은 반드시 살아남으라는 현각의 명을 지켜야 했고, 살아남았으니 현각을 도울 방법을 찾아야 했다.

흑란곡은 마교와의 전쟁에도 영향을 받지 않는 몇 안 되는 문파인데다 현각과도 인연이 있으니까 도움을 청할 수 있을 것 같았다.

나머지 세 명도 같은 생각으로 흑란곡을 찾아갔던 것이다.

그녀들의 예상대로 흑란곡은 현각의 위기를 외면하지 않았다.

흑란곡은 자신들의 모든 정보망을 동원해 현각의 행선지를 수소문했다. 그리고 현각의 거처를 알아내자마자 흑영영을 내보낸 것이다.

월란의 긴 설명을 듣고 나자 현각은 더 더욱 흑영영에게 미안한 마음이 들었다. 그렇다고 천하제일 뻔뻔남이 하루아침에 변할 수야 없는 법.

"이왕 나왔으니까 천도문까지 같이 가줄 거지?"

흑영영이 앙칼지고 도도한 얼굴을 치켜들며 되물었다.

"내가 왜?"

"싫으면 말고."

현각은 어깨를 으쓱하며 돌아섰다.

그러자 흑영영이 현각의 등을 향해 따지듯 말했다.

"너 혼자 천도문을 되찾을 수 있을 것 같아?"

"안 되면 죽는 거지 뭐."

"죽어? 내게 남은 빚도 갚지 않고?"

현각은 뒤도 돌아보지 않은 채 속으로 씨익 웃었다. 흑영영처럼 도도한 여자를 움직이려면 그저 자존심과 오기를 건드려 주는 게 제일 좋은 방법이다. 괜히 도와달라고 말해 봐야 귀찮은 일만 늘어날 뿐이다. 조건으로 어쩌구저쩌구 하면서.

자신이 도움을 청하는 게 아니라 그녀가 자발적으로 움직이게 만들어야 한다.

"살아남는다면 언젠가는 갚을 수 있을지도 모르지. 하지만 당장은 천도문을 되찾는 게 먼저야. 그전엔 빚 같은 거 생각할 여유 없어."

현각은 단호하게 말하며 네 명뿐인 천룡수호대에게 손짓했다.

"가자. 사부님께 인사도 드리고 슬슬 떠날 준비를 해야지."

현각의 느긋한 뒷모습을 보며 흑영영은 이를 악물었다.

"천도문이 아니라 더한 곳에 가더라도 난 꼭 빚을 받아낼 거야!"

'아싸!'

현각은 속으로 쾌재를 불렀다.

백 명의 무사보다 흑영영 같은 고수 한 명의 역할이 더 크다는 것은 천도문의 몰락으로 똑똑히 경험했다. 그렇다고 무작정 흑영영을 끌어들일 수도 없었다.

현각은 흑영영을 향해 진지하게 말했다.

"네가 도와준다면 사양하지 않을게. 하지만 만에 하나라도 위급한 상황이 오면 넌 피해. 어차피 남의 싸움이니까 너까지 다칠 필요 없어."

현각은 진심으로 한 말이었다. 그리고 자신의 진심이 그녀를 감동시킬 것이란 계산도 했고.

하지만 돌아오는 말은 그가 기대한 감동과 감사의 말과는 전혀 딴판이었다.

"너나 조심해. 그깟 음공에 당해서 허우적거리는 실력으로는 천도문의 기둥 하나도 되찾지 못할 테니까!"

흑영영의 말에 현각의 얼굴이 순식간에 잘 익은 홍시처럼 붉게 변해버렸다.

자신이라고 왜 모르겠는가. 천하제일무공 무형공을 써보지도 못하고 한낱 욕정 때문에 쓰러질 뻔한 부끄러움을.

예전에도 무모한 자신감만 내세워 백리독향의 독에 중독되어 곤욕을 치른 적이 있었다. 그런데 바보같이 똑같은 실수를 또 해버린 것이다.

'그럴 수도 있지'라며 뻔뻔하게 넘겨 버리기엔 너무나 치명적인 상황이었다.

실력이 모자라는 것은 어쩔 수 없는 일이다. 하지만 실수로 위기를 자초하는 것은 너무나 어리석은 일이다.

현각은 무식하지만 어리석은 사람은 아니었다.

'두 번 다시 실수는 하지 않는다! 절대로!'

현각은 입술을 질끈 물었다.

삼치거인이 있는 모옥으로 돌아오는 동안 현각은 흑영영을 통해 무림의 정세에 대해 자세한 얘기를 들을 수 있었다.

구대문파 중 여덟 곳이 몰락했고 마교는 마지막 총력전을 위해 숭산에 집결해 있는 중이었다.

"그럼 지금 천도문은 비어 있다는 얘기네?"

그렇다면 백화린을 구해오는 것은 너무나 쉬운 일 아닌가. 현각의 얼굴에 화색이 돌았다.

"멍청하긴! 비어 있는 틈을 타서 천도문만 되찾으면 뭐 해? 숭산 대결전에서 마교가 이기고 나면 그 세력이 고스란히 천도문을 다시 공격할 텐데?"

"그전에 도망오면 되지 뭐."

"아직도 모르겠어? 숭산 대결전에서 마교가 승리하면 무림은 마교 천하가 된다고. 그땐 피할 곳도, 숨을 곳도 없어."

"그래서 어쩌라고?"

"천도문을 구하고 싶으면 숭산 대결전에 참가해."

"내가 왜?"

"마교를 몰아내야 천도문을 되찾을 수 있을 테니까."

"휴우……."

현각이 깊은 한숨을 내쉬었다.

남의 싸움에, 그것도 피바다가 될 게 뻔한 지독한 싸움에 끼어들고 싶은 마음은 눈곱만큼도 없었다. 하지만 천도문을 되찾지 않는 한 백화린을 구해오는 것이 아무런 의미가 없다는 흑영영의 말에는 공감할 수 있었다.

"숭산 대결전에 참가할 거 없이 흑란곡이 좀 도와주면……."

흑영영이 단 한 마디로 현각의 말을 가로막아 버렸다.

"흑란곡은 봉문했어."

"왜?"

"흑란곡의 전통이야. 무림의 전쟁에 개입하지 않는 게."

"그럴 거면 무공은 왜 익히냐?"

"우리 스스로를 보호하기 위해서."

"……."

더 이상 할 말이 없었다. 싸우기 위해서가 아니라 자신을 지키기 위해서 익힌 무공이라는데 더 이상 무슨 말을 하겠는가.

"치사한 놈들. 왜 하필 천도문을 근거지로 삼았을까?"

"나도 그게 궁금해. 입지적으로나 무림의 명성으로나 천도문을 근거지로 삼을 이유가 없거든? 그런데 이번 마교의 침공은 어쩐지 천도문을 목표로 진행된 것 같단 말이야……."

"도대체 왜일까?"

"니가 모르는데 내가 어떻게 알아?"

새침하게 말하며 흑영영은 앞장서 도도하게 걸어갔다.

"어딘지는 알고 앞장서는 거야?"

"어딘지 모르면 어떻게 찾아왔겠어? 흑란곡의 정보력은 무림 최고라고."

자신있게 말하며 흑영영은 정확하게 현각과 삼치거인의 낡은 모옥을 찾아갔다.

"사부님!"

모옥으로 들어서던 현각이 흠칫했다.

삼치거인의 기운이 느껴지지 않는 것이다. 현각은 조용히 정신을 집중하며 삼치거인의 기운을 찾았다.

현각은 문득 불길한 예감이 들었다. 그는 직감적으로 느낄 수 있었다.

"떠나… 셨구나……."

이미 세상 밖에 서 있던 인물이다. 현각과의 만남은 인연으로 여겼지만 그 인연 때문에 다시 세상에 발을 딛고 싶지는 않았던 모양이다.

"치사한 영감 같으니라고……."

서운함과 아쉬움을 감추느라 현각은 오히려 투덜거리듯 말했다. 더욱이 자신은 아직 무형공의 마지막 단계도 완성하지 못한 상태였다.

물론 삼치거인이 함께 있는다고 무형공의 완성이 빨라지지는 않겠지만 그래도 걱정은 해줘야 할 게 아니냔 말이다. 무형공도 완성 못한 제자가 무림을 향해 떠나게 됐는데.

"정말 이대로 떠나게 할 거예요?!"

현각이 숲을 향해 쩌렁쩌렁한 목소리로 말했다.

삼치거인이 자신을 떠나긴 했지만 이 숲 어딘가에서 자신을 지켜보고 있을 것이다. 무뚝뚝하긴 해도 그리 모진 위인은 못되니까.

"멍청하긴! 니가 떠날 수 있도록 미리 자리를 피해주신 거잖아!"

"누가 그걸 몰라! 그래도 서운하니까 그러지!"

흑영영의 말에 현각이 발끈하며 대답했다. 현각은 툴툴거리면서도 텅 빈 모옥을 향해 깍듯하게 절을 했다.

"돌아오면 다시 보자구요, 사부님!"

마지막 '사부님' 이란 말에 내공까지 실어 쩌렁쩌렁하게 말했다. 어딘가에 숨어서 자신을 지켜보고 있을 삼치거인에게 주는 작별의 선물이었다. 그에게 '사부님' 이란 말은 진심에서 우러나는 감사와 존경이 담긴 말이었다.

"사부님이 날마다 다리 쭉 뻗고 주무시게 진짜 무형공을 쓸게요. 진짜 무형공을."

이번의 말은 삼치거인이 아니라 스스로에게 하는 다짐 같은 말이었다.

그리곤 비장하게 돌아서는데 흑영영이 못미더운 표정으로 넌지시 물었다.

"그런데… 무형공을 제대로 익히긴 한 거야?"

"뭐야?"

"그깟 계집애들의 음공을 못 당해서 허우적거릴 정도면 마교의 적수는 못되니까."

흑영영의 얄미운 말에 현각이 다시 발끈했다.

"그건 어디까지나 실수였어! 그리고 내 자신에게 맹세했어, 두 번 다시 실수는 하지 않겠다고!"

"그 맹세가 약속이랑은 다르길 바라겠어."

이건 또 무슨 소린가?

현각은 콧김까지 뿜으며 씩씩거렸다.

"무슨 소리가 하고 싶은 건데?"

"너한테 약속은 듣기 좋으라고 하는 말이잖아. 맹세는 다르길 바란다고."

"너, 너……."

현각의 콧김과 상관없이 흑영영은 새침하게 돌아섰다.

현각만 흑영영을 상대할 방법을 파악한 게 아니다. 흑영영 역시 현각을 상대할 방법을 찾았다.

흑영영의 약점이 도도한 자존심이라면 현각의 약점은 물불 안 가리는 그 단순함이 아닌가. 대게 단순한 사람들은 작은 칭찬에도 우쭐해하다가 작은 질책에도 발끈하곤 한다. 지금의 현각처럼.

"내 실력이 궁금하면 한번 붙어볼래?"

현각은 불같은 투지를 태우며 말했지만 흑영영은 관심도 갖지 않았다.

"그럴 힘 있으면 소림 대결전에서나 써. 애꿎은 동료에게 힘 자랑하려고 하지 말고."

현각을 쳐다보지도 않은 채 싸늘하게 말하곤 흑영영은 성큼성큼 앞장서 갔다.

뒤에 남겨진 현각이 멍하니 흑영영의 뒷모습을 쳐다봤다.

"많이 컸네……."

애초에 흑영영을 만만히 보고 다른 여자처럼 쉽게 상대할 수 있다고 착각한 것이 현각의 실수였다. 어쩌면 현각이 흑영영에게 잡힐지도 모를 일이다. 흑영영은 능히 그럴 수 있는 여자였다.

멍한 현각을 보고 월란이 싱긋 웃었다.

"가시죠, 문주님."

"어째 너까지 날 무시하는 것 같다?"

"그럴 리가요. 호호호."

아무래도 그런 것 같다.

'젠장! 망할 놈의 독화대. 내가 두 번 다시 여자에게 친절을 베풀면 영아 동생이다, 동생!'

숭산을 향해 떠나는 현각의 발걸음이 마냥 가볍지만은 않았다.

제7장

숭산 대결전

1

중원오악 가운데 중악인 숭산 소실봉에는 천여 년 무림의 역사와 궤적을 같이하는 소림사가 위치해 있다.

무림뿐 아니라 중국 선종의 본산으로서 소림사가 갖는 불교적인 위치 또한 천하의 으뜸으로 일반 신도들의 향화의 발길 역시 그칠 날이 없었다.

소실봉으로 향하는 길은 언제나 사람들의 발길로 붐볐지만 단 한 번의 충돌이나 불상사도 발생하지 않았다. 소림이라는 이름이 주는 무게는 소실봉 그 자체를 하나의 성역으로 만들어놓은 것이다.

하지만 요즘의 숭산은 달랐다.

사람은커녕, 개미새끼 한 마리 움직이지 않았다. 오히려 숭산에 터전을 잡고 있던 화전민마저도 슬슬 터전을 옮길 정도였다.

마교와의 대결전을 앞둔 숭산은 그야말로 폭풍 전야의 고요함 속에 긴장감이 감돌고 있었다.

그러나 천 년의 소림 역사가 쉽게 이루어진 것이 아니듯, 정도무림의 힘 또한 그리 쉽게 허물어지지만은 않을 것이다.

이미 십대고수 중 엽수무적 왕사와 북산신도 문인량이 소림에 합류해 있었다. 거기다 소림에는 마황 사승비와 더불어 무림 최고의 고수로 손꼽히는 정오 대사가 버티고 있었다.

오대세가에서 은밀하게 파견한 고수의 수도 적지 않았다. 오대세가에서 파견된 고수들 또한 마교의 저지선을 뚫고 소림에 잠입할 정도의 실력자들이었다.

그들 중 마교와 직접 상대한 경험을 가진 자들은 화산의 생존자들뿐이었다. 화산제일고수였던 화륜검선의 활약으로 화산파는 기대보다 훨씬 많은 생존자를 건질 수 있었고, 그중에서도 화산제일검 강호성의 존재는 큰 힘이었다.

"그들의 힘은 우리의 예상을 초월합니다. 일개 무사들도 일당백은 가능한 절정고수들이었으니까요. 이번 싸움에서 젊은이들은 배제시켜야 합니다. 그들은 정도무림의 미래를 위해 남겨놔야 합니다."

강호성의 말에 정오 대사를 비롯한 모든 고수들이 머리를 끄덕였다.

어차피 이번 싸움은 고수들의 대결이다. 그리고 고수들의 대결로 끌고 가는 것이 희생을 줄일 수 있는 방법이기도 하다.

"그들의 수는 대략 얼마나 되오?"

정오 대사가 개방 방주인 장비신개에게 물었다.

"구마천의 인물 중 죽은 쌍부혈랑과 천도문에 남아 있는 구공자를 제외한 일곱이 모조리 움직였습니다. 그들이 이끌고 온 개인 무사들의 수가 오백쯤 됩니다. 그리고 숭산을 에워싼 채 포위망을 구축하고 있는 흑기대, 철기대, 혈기대의 무사들은 모두 이천여 명에 달합니다."

절정고수의 수만 해도 오백이다. 거기다 숭산을 포위한 삼색기대도 무시할 수 없는 세력이었다.

"삼색기대는 노부가 맡겠소."

당문에서 온 암왕 당사영이 말했다.

엽수무적과 더불어 암기술의 최고수로 꼽히는 암왕이 삼색기대를 맡아준다면 큰 힘이 될 것이다. 정오 대사가 감사한 마음으로 화답했다.

"소림에도 쓸 만한 아이들이 여럿 있습니다. 그들과 함께 가시지요."

정오 대사가 말한 쓸 만한 아이들은 초 자 항렬의 승려들이었다. 그들은 장문인인 천초 대사의 사제들이기도 했다.

정오 대사의 입장에서는 '아이들'일지 모르나 그들은 소림사의 핵심이라 할 수 있는 절정고수들이었다.

소림의 절정고수들을 한낱 암습에 투입한다 할 정도로 이번 싸움에 임하는 정도무림의 처지는 절박했다.

"저도 암왕을 돕지요."

엽수무적 왕사도 암왕을 거들고 나섰다.

"엽수무적께서는 구마천을 맡아주셔야지요."

제갈세가의 신뇌 제갈천이 말했다.

"삼색기대를 치는 것은 제가 거들겠습니다."

지략에 있어 천하제일로 칭송받는 제갈천과 함께라면 적은 수라도 능히 삼색기대를 감당할 수 있을 것이다. 더욱이 숭산이라는 지리적 익숙함을 잘 활용한다면 의외로 손쉬운 승리를 거둘지도 모른다.

오대세가의 두 거목이 삼색기대를 맡아주겠다고 나서자 정오 대사는 한결 가벼운 마음으로 다음 계획을 수립할 수 있었다.

"저들에게 더 이상의 지원군이 오지 않는 한 우리가 서두를 필요는 없는 것 같습니다. 우리는 계속해서 고수들이 합류하고 있는 상황이지만 저들은 지쳐 가고 있으니까요."

신뇌 제갈천이 조용히 말을 이어갔다.

"전면전으로 응하는 것보단 기습으로 저들의 세력을 분산시켜 각개격파하는 것이 더 유리할 것 같습니다."

제갈천의 제안에 장비신개가 씨익 웃었다.

"그들이 사용한 작전을 역으로 이용하자는 말씀이군요."

"그렇습니다."

정도무림의 전부라 해도 좋을 절정의 고수들이 머리를 맞대고 있는 가운데 소림의 밤은 점점 깊어가고 있었다.

그리고 제갈천의 계획도 점점 무르익어 갔다.

"우리가 꼭 이렇게 비겁하게 숨어서 가야 하냐?"

숭산의 뒤편 협곡을 올라가는 현각이 불만스러운 듯 툴툴거렸다.

"너 혼자 마교 전체를 상대할 자신이 있으면 정면으로 가던가."

흑영영이 싸늘하게 말했다.

"쳇! 꼭 그렇게 얄밉게 말해야겠냐? 빈말이라도 내일을 위해 오늘은 힘을 비축해 두자, 뭐 이렇게 말할 수 있잖아. 하여간 예뻐해 줄래도 예뻐해 줄 수가 없게 말한다니까."

"걱정 마. 너한테 예뻐 보이고 싶은 마음 없으니까."

흑영영의 단호한 말에 현각이 찔끔했다.

눈물까지 글썽이며 연모의 감정을 토해내던 때가 엊그제 같은데 낯선 사람처럼 자신을 대하니 너무나 낯설었다.

'벌써 마음이 바뀐 건가? 그럴 리 없는데…….'

현각이 달빛을 조명 삼아 흑영영의 얼굴을 힐끔 쳐다봤다.

흑란곡에 있을 때만 해도 예쁜 소녀 같기만 하던 얼굴에 어느덧 여인의 향기가 듬뿍 배어 나왔다. 게다가 달빛에 비치는 그녀의 얼굴은 눈부시도록 아름다웠다.

자신이 마음을 줄 수 없다고 해서 그녀까지 꼭 마음을 돌릴 필요는 없지 않은가. 사랑을 주지는 못하더라도 사랑받는다는 것은 얼마나 행복한 일인가.

현각이 아쉬움과 허전함에 씁쓸히 입맛을 다셨다.

그러는 동안 일행은 소실봉 아래 깎아지른 절벽 밑에 당도했다.

가파르기 이를 데 없는 절벽은 높이만 백여 장에 달했다. 현각과 흑영영이야 어렵지 않게 올라갈 수 있다지만 월란과 천룡수호대에게는 버거운 높이였다.

"올라갈 수 있겠니?"

흑영영의 물음에 월란이 비장하게 대답했다.

"해보겠습니다."

"좋아. 따라와."

흑영영이 짧게 말하며 절벽을 달려 올라갈 태세를 취했다. 그러자 현각이 인상을 찌푸리며 말했다.

"할 수 있다가 아니라 해보겠다는 건데 그냥 가자고? 그러다가 떨어지기라도 하면, 여기까지 와서 개죽음당하는 거잖아."

사실 천룡수호대의 실력으로 이 절벽을 올라간다는 것은 무리였다.

밝은 낮에 암벽을 타듯 조심조심 올라가면 모를까, 신법을 이용해 단숨에 올라간다는 것은 불가능에 가까웠다.

그런데도 흑영영은 그렇게 하자고 말하는 것이다. 현각의 불만은 당연했다.

"너한테는 사람 목숨이 그렇게 하찮냐? 수하들의 목숨은 발톱 밑의 때만도 못하냐?"

흑영영의 무관심에 심술이 나 있던 현각은 유치하게 따져 물었다.

"그럼 니가 업고 가던가."

싸늘하게 말을 뱉어놓고서 흑영영은 비조처럼 절벽을 달려 올라갔다. 천마무영신법을 이용해 절벽을 달려 올라가는 그녀의 모습은 달을 향해 날갯짓을 하는 한 마리 백조처럼 우아하고 아름다웠다.

하지만 까마득한 절벽을 쳐다보면 그녀의 우아함은 이내 두려움으로 변했다.

"저희들은 여기서 내려가겠습니다."

잠시 머뭇거리던 월란이 힘겹게 말했다.

"여기서 내려가다니?"

"저희들은 전력에 보탬이 되지 않을뿐더러, 오히려 문주님의 짐만

될 게 뻔합니다. 차라리 밑에서 문주님을 기다리고 있겠습니다."

"그래도 여기까지 왔는데……."

현각의 말을 자르며 월란이 단호하게 말했다.

"강해져서 돌아오라는 문주님의 명을 지키지 못해 죄송합니다."

"난 너희들이 살아남아 준 것만으로도 고맙다. 강해지는 것이야 앞으로의 수련을 통해 차차 하면 될 일이고."

현각도 더 이상 그녀들과 함께 가는 것을 포기했다.

대결전을 앞두고 오르는 산길이다. 아직 그녀들의 힘으론 이 거친 싸움 속에서 스스로를 지켜내기 버거울 것이다. 자신이 그녀들을 지켜주는 것에도 한계가 있을 수 있고.

차라리 안전한 곳에서 기다리고 있는 것이 서로를 위해 좋을 것 같았다.

"안전한 곳에 숨어 있거라. 그리고 혹시라도 내게 무슨 일이 생기면 흑란곡으로 가라. 이미 한 번 받아준 적이 있으니 내치지는 않을 거다."

"문주님께 무슨 일이 생길 리 없지 않습니까? 기다리겠습니다."

"허허허. 그건 그렇다. 천하무적 옥면대협을 누가 막겠느냐? 허허허!"

현각은 실없이 웃으며 그녀들과 작별했다.

"조심하거라."

"문주님도 부디 옥체 보중하십시오."

천룡수호대를 뒤로하고 현각은 절벽으로 날아올랐다.

바람처럼 백 장 절벽을 단숨에 올라가니 그 위에서 흑영영이 앙칼진 표정으로 기다리고 있었다.

"가자."

흑영영은 여전히 싸늘하고 냉담했다.

정말로 현각 따위에겐 관심도 없다는 듯한 그녀의 냉랭한 모습에 현각은 실망을 금치 못했다. 현각이 어찌 알랴. 현각이 그녀를 유혹할 때 썼던 방법을 흑영영이 고스란히 돌려주고 있는 것임을.

흑영영이 이 어수선한 무림에 나온 이유는 분명했다.

표면적 이유는 흑란곡의 은인인 현각을 돕겠다는 것이지만 그녀의 내심은 현각을 자신의 남자로 만들겠다는 확고한 의지로 불타고 있었다.

그리고 영리한 여자답게 최선의 방법을 선택했다. 현각이 자신의 오만함을 무관심으로 꺾었듯, 그녀 역시 현각의 자만심을 무관심으로 꺾으려는 것이다.

흑영영의 계산은 현각도 생각하지 못한 바였다. 왜냐하면 이미 남자에게 마음을 보인 여자가 새삼스럽게 무관심을 가장한 경우는 지금까지 없었기 때문이다. 현각의 상식으로도 여자들의 그런 모습은 있을 수 없었다.

일단 마음을 열기가 어렵지, 마음을 연 후에는 되돌아가지 않는 것이 여자의 마음이니까.

하지만 흑영영은 그의 상식을 초월하는 여자였다. 그리고 지금까지 현각이 상대해 보지 못한 부류의 여자였다. 그녀는 흑란곡의 소곡주로 공주처럼 자란 사람이다. 그것은 그녀가 단지 안락하게 자라왔다는 의미만은 아니다. 그녀는 곡주가 되기 위한 수련과 교육도 충분히 받아온 사람이라는 의미다.

그녀는 상황에 따라 내심을 숨길 줄도 알고, 필요에 따라 인내할 줄도 안다.

그래서 현각에 대해 애끓는 마음도 감쪽같이 숨길 수 있는 것이다. 아무것도 모르는 현각은 그녀의 변심에 마냥 실망하고 있는 것이고.

흑영영의 싸늘한 뒤통수를 쫓아가기에 지친 현각이 툴툴거리며 말했다.

"그런데 소림사는 도대체 어디 있는 거야?"

"바보. 눈은 장식으로 달고 다니냐? 저기 있잖아."

흑영영의 말이 끝나기도 전이었다.

"누구냐?"

어둠 속에서 긴장된 남자의 목소리가 들렸다.

한 치 앞도 보이지 않는 짙은 어둠 속이지만 현각은 상대가 누구인지 알 수 있었다. 왜 모르겠는가. 그들의 검은 복면이 천도문을 피바다로 만들던 일이 아직도 생생한데.

"천하무적 옥면대협이시다!"

냉갈과 함께 현각은 그들을 향해 냅다 손을 떨쳤다. 단지 손을 휘두르는 것에 불과하지만 거센 파도 같은 강기가 그들을 향해 밀려갔다.

"암습이다."

조용하고 민첩한 외침과 함께 소실봉 뒤편을 포위하고 있던 흑기대가 일제히 움직였다.

"이 빌어먹을 놈들!"

천도문에서의 악몽 같은 기억을 상기한 현각은 성난 파도처럼 그들을 몰아쳤다.

천도문에 있을 때도 그들은 감히 현각의 적수가 되지 못했었다. 그런데 무형공의 성취가 더 높아진 지금에야 말해 무엇 하랴.

마른하늘에서 떨어지는 날벼락처럼 현각의 공격은 갑작스러우며 또한 매서웠다.

그를 상대하는 무사들은 무슨 일이 일어난 건지도 미처 느끼지 못했다. 그저 뜨거운 바람에 숨이 막혔을 뿐인데 그것이 곧 생의 마지막 감정이었다.

그들은 현각의 단 일 초도 감당하지 못하고 그대로 쓰러진 것이다.

현각의 손에서 뻗어진 강기는 그만큼 강렬했다.

하지만 문제는 그들이 아니었다. 현각의 강기가 몰아치는 소리를 들은 주변의 무사들이 모여들기 시작한 것이다.

"저 바보."

흑영영이 얼굴을 찌푸렸다.

이렇게 요란하게 들어갈 것 같으면 뭐 하러 저 험한 절벽을 따라왔겠는가. 일단 은밀하고 조용히 소림에 합류하기로 해놓고선 잠깐의 흥분을 못 누르고 사고를 친 것이다.

흑기대의 무사들은 순식간에 개미 떼처럼 몰려왔다.

폭풍 전야의 고요함이 현각으로 인해 깨져 버린 것이다. 흑영영도 가만히 지켜만 보고 있을 수는 없었다. 흑기대의 무사들이 무서워서가 아니라 이 싸움이 불러올 후 폭풍 때문이었다.

싸움이 길어지면 구마천도 움직일 테고 그렇게 되면 싸움은 걷잡을 수 없이 커지게 된다. 그전에 마무리를 지으려면 그녀도 도울 수밖에 없었다.

"조용히 가자고 했잖아!"

흑영영의 불평에 현각도 지지 않고 외쳤다.

"이리로 오면 사람이 없을 거라며?"

피장파장이다.

어차피 조용히 끝내기는 틀렸고, 차라리 빨리 끝내는 쪽을 택하는 게 나을 것 같았다.

그런데 상황은 그녀의 짐작보다 훨씬 빨리 전개됐다.

느닷없이 어둠 속에서 천지를 뒤덮는 암기가 뿌려진 것이다.

"피해!"

현각과 흑영영이 동시에 허공으로 훌쩍 솟구쳤다. 하지만 암기의 비는 하늘 높은 곳까지 장악하고 있었다.

두 사람이 급급히 손을 움직이며 그들을 향해 날아드는 세침을 쳐냈다. 세침에 실린 내공은 만만치 않은 것이라 잠시만 방심해도 살갗을 뚫어버릴 것 같았다. 게다가 하늘을 뒤덮은 세침의 끝이 파랗게 빛나는 것은 독이 발라져 있다는 의미였다.

"이건 만천화우(滿天花雨)?"

세침을 쳐내는 흑영영의 미간에 주름이 잡혔다.

'당문이 마교와 손을 잡은 건가?'

사천성에 자리한 당문은 지리적으로 천마교와 가장 근접해 있고, 그래서 마교의 중원정벌 때마다 가장 큰 피해를 입곤 했었다.

다행히 이번에는 마교가 처음부터 구대문파를 집중 공격하는 바람에 화를 면할 수 있었지만 여전히 가장 불안한 위치에 있는 것은 변함없었다. 그러니 그들이 마교와 손을 잡았다고 해도 이상할 것은 없었다.

오히려 정황상, 그럴 확률이 높았다. 소림 이외의 구대문파가 모두 주저앉았으니 당문은 중원무림으로부터 완전히 고립되어 있는 것이다. 마교는 굳이 그들을 치지 않아도 손아귀에 넣을 수 있는 상황이었다.

"비겁한 것들! 그렇다고 마교와 손을 잡아?"

흑영영의 손이 더욱 매서워졌다.

그녀는 처음부터 빙유섬강을 펼쳤다.

파파광!

현각의 무형공과는 전혀 다른 강렬한 폭음과 함께 달려오던 흑기대의 무사 십여 명이 일제히 피를 토하며 쓰러졌다. 그리고 무형무색의 무형공과 달리 밤하늘 높이 은색의 차가운 강기가 퍼져 올랐다.

이번엔 현각이 불평을 터뜨렸다.

"우리 여기 있다고 신호 보내냐?"

"어차피 들켰잖아!"

"하긴. 에라, 모르겠다."

두 사람이 동시에 숲을 향해 강기를 쏟아내자 고요하던 밤의 정적은 강기의 소용돌이에 완전히 사라져 버렸다.

흑기대의 무사들은 벌 떼처럼 그들을 향해 몰려왔다. 게다가 암기로 대적해 오는 적의 공세도 만만치 않았다.

그들은 암기를 피하느라 흑기대의 무사들을 거들떠볼 틈도 없었다.

"안 되겠어. 내가 저 암기를 던져 내는 놈을 잡을 테니까 넌 저 무사들을 맡아."

흑영영이 말과 함께 암기가 날아오는 곳을 향해 몸을 날렸다.

2

제갈천과 암왕 당사영의 당황함
은 이루 말할 수 없었다.

조용히 흑기대의 무사들만 상대할 작정인데 아수라성녀와 구공자가
그곳에 있을 줄이야.

그들은 흑영영과 현각을 아수라성녀와 구공자로 오해하고 있는 것
이다.

당연한 것이 흑영영은 무림에 전혀 알려지지 않은 얼굴이었다. 게다
가 눈부신 미모의 젊은 여인 중 절정의 무공을 갖춘 사람은 그들이 알
기에 아수라성녀뿐이었다.

현각을 구공자로 오해하는 것은 더 쉬웠다. 어차피 그와 장천은 똑
같은 생김의 사람들이 아닌가.

당사영과 제갈천은 흑기대를 뒷전으로 하고 아수라성녀와 구공자을 향해 연신 암기를 날렸다.

일단 암기로 시간을 벌어놓은 채 지원군이 오기를 기다리는 중이었다. 제아무리 암왕 당사영이라 해도 구마천의 두 사람을 상대할 실력은 되지 못했다. 제갈천은 원래 무공보다 지략으로 더 명성 높은 사람이고.

그런데 느닷없이 아수라성녀가 그들을 향해 날아오는 것이다.

"헉!"

당사영이 경악성을 터뜨리며 다시 만천화우를 시전했다.

그의 주먹에서 뻗어 나간 독침이 흑영영의 머리 위에서 비처럼 쏟아졌다. 흑영영이 재빨리 천마무영신법으로 만천화우의 그늘을 벗어나며 앙칼지게 외쳤다.

"명색이 정도무림이라는 것들이 싸워볼 생각도 하지 않고 마교와 손을 잡았느냐? 어디 본녀의 따끔한 맛 좀 봐라!"

앙칼진 훈계와 함께 흑영영이 은색의 눈부신 강기를 쏟아냈다.

일순 어둠조차 삼켜 버릴 정도의 강렬한 빛의 폭발에 제갈천과 당사영이 화들짝 놀라 몸을 날렸다.

당사영이 비록 흑영영의 적수는 되지 못한다 하나 그 역시 당문 최고의 고수였다. 그는 당황한 가운데서도 재빨리 반격의 자세를 취했다.

그런데 제갈천이 다급하게 그의 손을 막았다. 흑영영의 말로 미루어 뭔가 오해가 있는 것 같은 느낌 때문이었다.

"소저는 뉘시오?"

"네놈들에게 알려줄 정도로 하찮은 이름이 아니다!"

그리곤 재차 빙유섬강을 펼치려 할 때였다.

제갈천이 드디어 생각났다는 듯 다급하게 말했다.

"혹시 흑란곡에서 오셨소?"

"……!"

흑영영의 손이 멈칫했다.

"그렇군요. 그러셨군요."

제갈천이 반가운 마음에 환히 웃으며 말했다.

흑란곡의 무림 출도는 매우 드문 일이었다. 하지만 무림에 나온 흑란곡의 여인들은 하나같이 무림을 진동한 절정의 고수들이었다.

이렇게 어려운 때에 흑란곡의 고수가 숭산을 찾아왔다는 것이 무슨 의미이겠는가. 그들도 정도무림과 힘을 모아 마교를 상대하겠다는 의미인 것이다.

흑란곡은 정도무림에 속하는 문파는 아니었다. 그렇다고 사도무림에 속해 있는 문파라고도 할 수 없었다. 단지 그들 무공의 사이함 때문에 사도무림이라는 오해를 종종 받을 뿐이었다.

"그대들은 마교와 손을 잡은 게 아닌가요?"

흑영영은 여전히 오해를 풀지 않은 듯 경계를 늦추지 않으며 물었다.

"마교의 포위망을 제거하기 위해 암습을 하려던 참이었습니다. 한데 소저는 어쩐 일로?"

"저도 소림사에 가던 길이었어요."

"허허, 이런. 적을 사이에 두고 우리끼리 싸운 꼴이군요."

제갈천과 흑영영이 오해를 풀고 있는 동안에도 현각은 흑기대에 맞서 맹렬하게 싸우고 있었다.

"하면 저분께서는……?"

"천도문의 문주인 천하무적 옥면대협이세요."

"아하!"

제갈천이 감탄성을 터뜨렸다.

흑영영에 이어 옥면대협까지 가세한다면 천군만마보다 더 큰 힘이 아닌가.

"하면 우리도 도와야겠군 그래."

당사영이 그들을 향해 몸을 돌리려 하자 흑영영이 입술을 쫑긋하며 말했다.

"그럴 필요 없어요. 혼자서 해결하겠죠 뭐."

앞쪽 숲으로 날아간 흑영영이 너무나 잠잠하자 현각은 불안해졌다.

"뭐야? 죽은 거야, 산 거야?"

그들을 공격하던 암기의 수법으로 보아 상대도 그리 만만한 사람은 아니었다. 아무리 흑영영이라 해도 소리 소문 없이 제거할 정도의 하찮은 상대가 아니었던 것이다.

그런데 아무 소리도 들리지 않았다.

죽으면 죽는 소리라도 있었어야 할 게 아닌가.

'뭔가 함정에 빠진 게 아닐까?'

개미 떼처럼 몰려오는 흑기대를 상대하던 현각은 점점 마음이 조급해졌다.

"에이, 안 되겠다."

현각은 쓰러져 있는 무사의 몸에서 검을 한 자루 주워 들었다. 한시라도 빨리 싸움을 끝내려면 무기의 도움을 받는 것도 괜찮을 듯싶어서였다.

검을 들자마자 현각은 자신도 모르게 낙성검법을 펼치며 흑기대의 틈을 휘저었다. 한층 강해진 내공으로 펼치는 낙성검법은 예전에 비해 훨씬 강력해졌다.

유성처럼 뿌려지는 검기들이 현각을 에워싸고 있던 흑기대의 무사들을 썩은 짚단처럼 베어 넘기기 시작했다.

"죽기 싫으면 그만 물러들 서지?"

마교의 사전에 후퇴란 없다. 그들은 죽음도 불사한 채 현각에게 덤비고, 또 덤볐다.

게다가 그들을 지원하기 위해 혈랑대가 투입되며 상황은 더욱 난감해졌다.

혈랑대는 쌍부혈랑 흑웅의 개인 무사들이다. 쌍부혈랑이 죽은 후 찬밥 신세가 된 그들은 어쩔 수 없이 삼색기대와 함께 소림 포위의 역할을 하고 있었다.

한데 싸움이 발생했으니 차라리 반가운 심정으로 재빨리 달려온 것이다.

그들은 흑기대와는 차원이 다른 고수였다. 그들은 이름 그대로 피에 굶주린 늑대처럼 처음부터 매서운 살수를 휘두르기 시작했다.

쌍부혈랑이 키운 고수들답게 육중한 병장기를 사용하는 그들이 일격을 가할 때마다 현각은 왠지 등골이 오싹했다.

게다가 흑영영에 대한 염려까지 더해지자 그의 상황은 더욱 악화되었다.

하지만 정작 그의 발목을 잡고 있는 것은 그가 다시 검법을 운용한다는 점이었다. 삼치거인과 수련하며 모든 초식을 놓았던 그가 다급한 상황이 되자마자 다시 검법을 운용하고 있는 것이다.

검법을 초월하기 위해 노력한 그동안의 시간이 물거품이 된다는 생각에 현각의 손은 더욱 무뎌졌다.

보다 못한 흑영영이 모습도 드러내지 않은 채 어둠 속에서 앙칼지게 외쳤다.

"언제까지 장난만 하고 있을 거야? 마교의 무사들이 모조리 몰려올 때까지 기다리기라도 하겠다는 거야?"

"어? 영아야, 너 괜찮은 거야?"

"그럼 내가 다치기라도 했을까 봐?"

"나쁜 기집애. 진작 말을 해줬어야지."

흑영영의 목소리만 듣고도 현각은 기운이 치솟았다.

답답하게 마음을 누르고 있던 근심이 씻겨지자 손도 가벼워지기 시작했다.

'초식을 잊어야 해. 마음이 가는 대로!'

현각은 수양산의 버드나무를 생각했다. 그리고 대나무를 생각했고, 나무 사이를 날아다니던 산새들도 생각했다.

그리고 그들의 움직임을 검에 싣기 시작했다.

버드나무처럼 흐느적거리기도 하고, 대나무처럼 꼿꼿이 세워 적을 향해 찌르기도 했다. 그의 몸은 점점 자연 속에 묻혀갔다.

피에 굶주린 혈랑대라 해도 무형공에 몸을 실은 현각을 상대할 수는 없었다. 그는 이미 거대한 산이 되어 그들을 짓누르고 있었다.

혈랑대는 그의 기세조차도 감당하지 못한 채 순식간에 고혼이 되어 버렸다. 흑기대는 말할 필요도 없고.

현각의 주변에는 마교의 무사들이 가을 숲의 낙엽처럼 쌓여 있었다.

아무리 적이라 해도 이렇듯 허무하게 죽어 있는 사람들의 모습을 보는 것은 편치 않았다.

현각의 씁쓸한 마음과 상관없이 흑영영은 입술까지 씰룩이며 말했다.

"정말 지루한 싸움이었어. 가자."

"……."

현각은 정말 멍한 얼굴로 그녀를 노려봤다. 그리고 그녀의 뒤에 서 있는 중년의 사내들을 훑어봤다. 그녀가 죽였어야 할 적이 버젓이 그녀와 어깨를 나란히 하고 서 있으니 어이가 없었다.

흑영영은 아무것도 아니라는 듯 태연히 말했다.

"소림에서 오신 분들이었어."

"뭐, 뭐야?"

현각이 입을 쩍 벌렸다.

그럼 흑영영은 아까부터 저들과 인사를 하곤 자신 혼자 싸우도록 구경하고 있었다는 게 아닌가.

"너, 너……!"

약 오르고 흥분한 마음에 현각은 말도 잘 나오지 않았다.

하지만 흑영영은 커다란 눈망울을 깜빡이며 오히려 그에게 물었다.

"여기서 밤샐 거야?"

양심선원(養心禪阮)은 원래 소림사의 장로 급 원로들이 은퇴한 후 기거하는 곳이었다. 세상의 일과 담을 쌓은 채 오직 수행에만 정진하기 위해 마련된 곳이 바로 양심선원인 것이다.

정오 대사가 기거하던 곳도 당연히 양심선원이었다.

세상에서 가장 깊고 고요하던 이 양심선원이 지금은 정도무림의 중심이 되어 있었다.

그럴 수밖에 없는 것이 양심선원에 기거하는 고승들이야말로 소림의 핵심이자, 지주인 사람들인 것이다.

소림사가 정도무림의 근원이자 정신적 지주이긴 하나 중국 선종의 본산으로서 자리하는 위치 또한 작지 않았다. 그래서 소림의 노승들은 부처님을 모시는 소림사 경내가 아닌 이곳 양심선원을 마교와의 결전을 준비하는 근거지로 사용하는 것이다.

침통과 비장함에 잠겨 있던 양심선원에 모처럼 활기와 희망이 감돌았다. 그것은 현각과 흑영영의 가세로 생겨난 분위기였다.

현각에 대한 소문이 무림을 돌고 돌아 소림사에 이르렀을 땐 하나의 신화가 되어 있었다.

그가 홀로 아수라성녀와 구공자를 상대한 것만으로도 무림은 이미 그를 십대고수의 반열에 올려놓은 상태였다. 거기다 삼치거인을 통해 무형공의 새로운 경지에 도달했다니 그에 대한 기대감만으로도 정도무림은 활기가 넘쳤다.

한데 오랜 칩거를 깨고 흑란곡의 고수마저 가세하지 않았는가. 그것도 흑란곡의 소곡주이며 전설처럼 회자되는 무후 교회의 직전 제자인 흑영영이다.

그녀에 대한 기대감 역시 현각 못지않았다.

정오 대사 역시 흐뭇한 표정을 감추지 않으며 현각에게 물었다.

"삼치거인은 안녕하신가?"

"예. 그런데 사부님을 아십니까?"

"젊은 시절에 한 번 뵌 적이 있네. 노납도 어린 시절의 치기로 그분을 찾아간 적이 있거든."

"대사님도 무형공을 배우시려고 했습니까?"

"그랬었지. 그땐 누구나 그러고 싶어했었지. 하나 내겐 어울리지 않는 무공이라며 돌려보내시더군. 덕분에 오늘까지 온전히 살아 있는 거라네. 허허허."

정오 대사는 마치 이웃집 할아버지처럼 다정하고 따뜻하게 말하며 웃었다.

하지만 현각은 이미 그의 기운을 느낄 수 있었다. 정오 대사가 숨기려 해도 현각에게는 느껴졌다. 그의 작은 체구에서 파도처럼 넘쳐 나는 절륜한 공력을 어찌 느끼지 못하겠는가. 그리고 정오 대사 역시 굳이 숨기려 하지 않았다. 무형공 앞에서 숨기려 한다고 숨겨지지 않음을 너무나 잘 알기 때문이다.

"대사님이 천하제일고수이신가요?"

현각의 뚱딴지 같은 말에 정오 대사가 껄껄 웃었다.

"왜? 노납을 꺾고 싶은가?"

"아니오. 사부님은 제게 무형공만 연성하면 천하에 적수가 없을 거라 하셨거든요."

"당연히 그렇겠지."

"한데 대사님을 뵙고 나니 사부님이 틀리신 것 같습니다."

"그럴 리가 있나?"

"대사님의 공력이 저보다 훨씬 높은걸요?"

어린아이 투정 같은 현각의 말에 정오 대사가 껄껄 웃었다.

"나의 공력이래 봐야 고작 이 작은 몸 안에 담겨 있는 것이 전부네. 하나 자네는 대자연의 모든 힘을 자유자재로 쓸 수 있지 않은가? 이 작은 몸과 대자연을 어찌 감히 비교하겠는가?"

그것은 정오 대사의 옆에서 조용히 침묵하고 있던 엽수무적 왕사와 북산신도 문인량도 공감하는 바였다.

다른 사람들은 느끼지 못하겠지만 이미 초절정을 넘어선 그들은 느낄 수 있었다.

현각이 완전한 자연체로 그들 앞에 존재하고 있다는 것을. 그는 사람이 아니라 나무였고, 바람이고, 또한 대지다. 그들을 흥분시킨 것은 사람이 아니라 숲과 마주 앉아 있는 신비하고 청량한 느낌이었다. 현각은 이미 무형공의 진정한 경지에 올라서 있는 것이다.

정오 대사는 현각에 이어 흑영영도 따뜻하게 반겨줬다.

"어려운 걸음을 하셨네. 무후께서도 안녕하시겠지?"

"그렇지 않아도 할머님께서 대사님께 안부 전하라 하셨습니다."

정오 대사가 흐뭇하게 머리를 끄덕였다.

무후가 안부를 전하라는 것은 자신을 대신해 흑영영을 무림에 보냈다는 의미일 것이다. 그것은 곧 흑영영이 무후 못지않은 경지의 고수란 의미였다. 정오 대사도 느끼고 있듯이.

현각과 흑영영의 등장은 무림의 세대교체를 의미했다.

이번 숭산 대결전이 끝나면 무림인들은 현각과 흑영영을 선두로 내세워 새로운 십대고수를 선정하게 될 것이다.

"저들이 먼저 공격해 올 때까지 기다리고 계실 건가요?"

흑영영이 당돌하게 물었다.

"소저의 생각은 어떻소?"

"이곳이 흑란곡이라면 전 기다리지 않겠어요. 곡 내에서 피를 보기는 싫으니까요."

"노납의 생각도 그렇소. 하나, 아직은 때가 아니오."

정오 대사의 말은 완강하고 단호했다. 그는 마지막 순간까지 한 명의 희생자라도 더 줄이기 위한 노력과 방안을 연구할 작정이다.

그리고 아직 방법은 남아 있었다.

제8장

소림의 역습

1

마교가 근거지로 사용하는 곳은 소실봉 밑의 객점이었다.

사시사철 향화객이 끊이지 않는 소림사의 인근이다 보니 큰 규모의 객점이 제법 많이 있었다. 구마천이 자리잡은 곳은 그중 소화각이라는 고급 객점이었다. 오층 규모의 소화각은 그들의 개인 무사 오백여 명까지 모두 소화하기에 충분했다.

마교의 핵심 전력 모두가 이 작은 객점에 모여 있는 것이다.

그 중심에 아수라성녀 서희가 있었다. 서희는 더 이상 기다릴 수 없었다.

독화대가 전멸했다는 보고를 받은 것이 어제다. 독화대가 전멸했다는 것은 현각이 살아 있다는 의미였다. 현각은 그 사실을 증명이라도 하듯 이틀 전 요란하게 소림사로 진입했다. 그가 소림사로 들어간 길목에 쓰러져 있던 흑기대의 무사들은 모두 삼백 명에 달했다. 그중에는 절정고수들인 혈랑대도 포함돼 있었다.

그는 이미 천도문을 나설 때와는 또 다른 고수로 성장해 있는 것이다. 세상 밖으로 나갔던 삼치거인이 그를 구해간 것은 측은지심 때문만은 아닐 테니 당연할 일이기도 했다.

마황이 장천을 끌어들여 자신의 무공을 전수하듯, 삼치거인도 그렇게 했을 것이다.

현각의 가세는 정도무림에 단지 한 명의 고수가 가세했다는 정도가 아니다. 그는 삼치거인의 직전 제자이며, 무림의 전설인 무형공을 연성한 사람이다.

그의 명성은 정도무림 전체의 사기와 이어질 수 있는 문제였다.

거기다 흑란곡에서 흑영영을 내보낸 것도 예상치 못한 변수였다. 무림의 일에 일절 관여하지 않던 흑란곡이다. 그래서 마교 역시 크게 신경 쓰지 않았었다.

한데 흑란곡에서도 절정의 고수를 내보낸 것이다.

모든 상황이 그녀의 계산과는 반대로 흘러가고 있다. 그렇다면 더 이상 지체하지 말고 하루라도 빨리 움직여야 한다.

'처음부터 기다리는 게 아니었어!'

포위망을 구축한 채 기다린 것은 그들이 먼저 밖으로 나오게 하기 위해서였다.

구대문파를 각개격파로 무너뜨린 마교의 전력이지만 소림은 달랐다.

우선 마황과 비교되는 정오 대사가 버티고 있다는 것만으로도 쉽게 움직일 수 없는 곳이었다. 게다가 엽수무적 왕사와 북산신도 문인랑까지 있지 않은가.

소림의 고승들 역시 구마천이라 해도 만만히 볼 상대들은 아니었다.

만약 마교가 쳐들어가면 그들은 지리적 이점을 활용해 마교의 세력을 최대한 분산시키려 할 것이다. 반면 그들은 자신들의 세력을 철저하게 응집시킬 것이다.

분산된 힘으로 정오 대사가 버티고 있는 그들의 연합 세력을 상대하기는 버겁다.

그래서 기다린 것이다. 두더지 사냥을 하듯 그들을 굴 안으로 몰아넣은 채 불안감과 초조함에 먼저 굴 밖으로 나오게 하고 싶었다.

한데 그들은 굴 안에서 점점 세력을 확장시키고 있었다.

그것 역시 계산을 하긴 했지만 현각이나 흑영영 같은 초절정고수의 가세는 아니었다.

'더 이상 기다릴 수 없어.'

결정을 내리자 서희는 지체하지 않고 구마천을 소집했다.

"이른 새벽부터 모이라고 한 건 결정을 내렸기 때문이겠지요?"

뇌진천이 말했다.

"오늘, 소림의 현판을 내려야겠어요."

"진작 그랬어야죠."

사망독비 율화가 자신의 비도를 쓰다듬으며 입맛을 다셨다.

어차피 소림의 지척까지 와 있는 상황에서 더 머뭇거릴 이유가 뭐 있겠는가. 게다가 이번 숭산 대결전은 절정고수들끼리의 대결이다. 홍

분되지 않을 수 없었다.

"그들은 양심선원에 모여 있다고 하더군요. 우리는 소림의 경내로 들어갈 거예요."

"……?"

"일단 정예 무사들을 투입해 소림사의 젊은 무승과 학승들부터 공격하죠. 그래서 그들을 소림사 경내로 나오게 해서 분산시켜야 해요. 우리가 공격하는 것은 그때입니다."

서희의 작전은 양심선원에 있는 정도무림의 고수들을 최대한 흩어놓자는 것이었다. 그러기 위해선 그들 스스로도 흩어질 수밖에 없다.

결국 실력으로 정면 승부를 할 수밖에 없는 상황인 것이다. 어차피 구대문파를 무너뜨린 것도 정면 승부였지만.

그리고 그녀의 계획은 구마천의 모두가 원하는 일이기도 했다. 학살이라면 그동안 충분히 했다. 이제는 진짜 싸움이 하고 싶었다.

"정오 대사는 우리가 맡자."

추혼수 종일비가 비천왜수 풍갈에게 말했다.

"그럽시다."

두 사람의 합공이라면 정오 대사와도 겨루어볼 만할 것이다.

"천도문주는 제가 맡겠어요."

서희가 말했다.

혈검 포유가 비릿한 미소를 지으며 서희를 쳐다봤다.

"하면 난 북산신도를 맡으면 되겠군."

뇌진천도 뒤질새라 끼어들었다.

"그럼 엽수무적은 내 차지인가?"

"그럼 안 되죠. 내 비도를 어디에 쓰라구요."

율화가 눈을 부라리며 말했다. 비도술로 구마천에 오른 그녀가 암기의 일인자인 엽수무적과 겨루고 싶어하는 것은 당연했다.

그들은 이 싸움을 즐기기라도 하듯 서로 십대고수와 겨루고 싶어했다. 그것은 무인으로서의 당연한 욕망이기도 하지만 이번 싸움을 통해 자신의 입지를 다지기 위한 도전이기도 했다.

그들의 회의실로 혈마단의 무사가 뛰어든 것은 그때였다. 그는 부복을 함과 동시에 외쳤다.

"삼색기대가 전멸했습니다."

"……!"

삼색기대의 이천 명이 하룻밤에 몰살하다니. 그것도 일체의 기척도 없이. 있을 수 없는 일이었다. 제아무리 정오 대사라 해도 구마천의 이목까지 막으며 그들을 몰살시킬 수는 없다.

만약 그런 일이 일어났다면 구마천은 두 번 다시 무림에 얼굴을 들지 못할 것이다.

"어느 자리라고 그따위 망발을 지껄이는 게냐?!"

뇌진천이 추상(秋霜)같이 호통 쳤다.

"시체를 확인하고 왔습니다. 독에 당한 듯했습니다."

"……?"

천하의 뇌진천조차 말문이 막혔다.

설사 당문의 고수들이 투입됐다 해도 믿기 어려운 일이었다. 이천 명을 흔적도 없이 몰살시키다니. 그렇다면 이 자리에 있는 자신들은 모두 눈뜬장님이란 얘기가 아닌가.

더욱 믿기 어려운 것은 지금 이 순간조차 소실봉을 에워싸고 있는 그들의 기운이 느껴진다는 사실이었다.

서희가 자리에서 벌떡 일어났다.

"속았어요! 이건 삼색기대의 기운이 아니에요!"

"헉!"

구마천의 고수들도 신음성을 토하며 자리에서 일어났다.

살아서 움직이는 이 기운이 삼색기대의 것이 아니라면 다른 사람들의 기운이란 얘기다. 그것도 이천 명씩이나.

"개방! 개방의 거지새끼들이 그 자리를 지키고 있는 거야!"

그들의 바로 지척이다.

그것은 곧 역으로 자신들이 포위돼 있다는 의미기도 했다.

생각이 정리되기도 전에 그들이 기거하던 객잔의 마당에서 거센 폭발음이 터졌다.

콰콰쾅—!

설마 하니 자신들이 기습당할 것이라곤 전혀 생각지도 못했다. 밖으로 달려나가는 구마천 고수들의 얼굴에 웃음이 사라진 지는 이미 오래였다.

정오 대사를 주축으로 뭉친 정도무림은 완벽한 하나가 되어 있었다.

평화로운 기간에는 서로의 견제와 시샘으로 반목이 끊이지 않는 정도무림이지만 위기의 순간에는 놀라울 정도의 단결력을 보이곤 했었다.

더욱이 이번 마교의 침공 앞에서는 더욱 그랬다.

단숨에 구대문파 중 여덟 문파를 전멸시킨 그들의 전력 앞에 개인의 이익이나 욕심 따위는 내세울 여지가 없었던 것이다.

혼연일체가 된 그들의 힘이 극명하게 드러난 것이 바로 어젯밤의 암습이었다.

그동안 개방 방주인 장비신개는 마교의 포위망을 뚫고 은밀하게 개방 방도들과 연락을 취했다.

소림의 승려들은 당사영의 지시 아래 인근의 숲을 뒤져 독초를 모았고, 엽수무적은 당사영이 조제한 독을 자신의 암기에 실었다.

모든 준비가 끝난 시점에 현각이 나타난 것이다.

현각의 무형공은 일체의 기척도 없이 바람처럼 상대에게 접근할 수 있는 무공 아닌가.

그렇게 어젯밤의 암습이 시작되었다.

정오 대사나 엽수무적 왕사 같은 초절정의 고수들이 암살 따위를 시도할 것이라고 누가 상상이나 했겠는가.

하지만 그들은 했다.

십대고수로서의 명예는 수많은 무림의 동도들 앞에서 아무것도 아니었다. 그들은 한 명의 희생이라도 줄이기 위해선 자신들이 친히 나서야 한다고 생각했다.

현각까지 더해지자 그들은 작은 흔적 하나 남기지 않은 채 삼색기대를 모두 제압할 수 있었던 것이다. 독까지 사용하며.

그리고 그들의 자리는 신속하게 개방의 방도들과 소림의 승려들로 채워졌다. 소림사 밑의 마교 근거지로 내려올수록 무공이 높은 자들이 그 자리를 채웠다.

소림사를 포위하고 있던 마교의 무사들을 역으로 이용해 마교의 근거지까지 흔적없이 접근해 온 것이다.

소화각을 메우고 있던 마교의 정예들이 급급히 달려나왔다. 그들은 모두 구마천이 손수 조직한 정예 부대로 능히 일당백이 가능한 절정고수들이었다.

하지만 그들은 마당에 나서자마자 뿌리라도 박힌 듯 자리에서 움직이지 못했다.

그들의 발걸음을 옭죈 것은 단 한 명의 고승이었다.

소화각의 넓은 마당에는 늙고 주름진 고승이 한 명 서 있었다. 그는 단지 마당에 버티고 서 있는 것만으로 오백 명에 달하는 마교 정예들의 발을 묶어버린 것이다.

"정오 대사……!"

누군가 간신히 입을 열어 신음처럼 말했다.

마황 사승비와 더불어 무림 최고의 고수로 꼽히는 정오 대사가 그들의 눈앞에 서 있는 고승의 정체였다.

정오 대사의 작은 체구는 태산처럼 소화각의 마당을 채우고 있었다. 마교의 정예들이 움직이지 않는 것이 아니다. 그들은 움직일 수 없었다. 그리고 움직일 공간도 없었다. 정오 대사가 내뿜는 기세만으로도 마당은 개미 한 마리 들어갈 틈이 없는 것이다.

하지만 이대로 정오 대사가 움직일 때까지 기다릴 수만도 없지 않은가. 그것은 마교의 절정고수로서 그들의 자존심이 허락하지 않았다.

혈검 포유의 뇌검대가 눈빛을 주고받았다.

죽음을 두려워하는 것은 마교의 고수들에게 해당되지 않는 말이었다.

"이얍!"

그들은 극복하지 못하는 내공의 차이를 거센 기합성으로 억누르며 정오 대사를 향해 돌격했다.

이백 명에 달하는 그들의 검이 일제히 정오 대사를 향해 빛을 뿌린 것이다.

파파팡!

검기가 폭발하며 거센 폭발음이 터졌다.

사람이 아니라 작은 개미 한 마리도 그 폭발로부터 온전치는 못할 것 같았다. 하지만 정오 대사는 아무런 일도 일어나지 않았다는 듯 처음 그 자리, 그대로 서 있었다.

그가 무슨 수로 그물처럼 덮쳐 오던 뇌검대의 강력한 검기를 벗어났는지는 알 수 없었다. 그런 공격은 존재하지도 않았던 듯, 뇌검대의 공격을 간단히 벗어난 정오 대사가 양손을 서서히 치켜 올렸다. 그리고 그의 몸이 움직인다 싶은 순간, 정오 대사를 향해 쇄도하던 십여 명의 뇌검대가 일제히 피를 토하며 쓰러졌다.

정오 대사가 무슨 수법을 쓴 것인지, 어떻게 움직였는지조차 볼 수 없었다.

상대가 고수들이 아니라면 정오 대사가 움직였다는 것조차도 믿지 않았을 것이다. 보고 있는 것만으로도 온몸에 소름이 돋았다.

구마천이 달려나온 것은 그 후의 일이었다.

"너희들은 물러서라!"

추혼수 종일비와 비천왜수 풍갈이 장내로 날아들며 외쳤다.

종일비가 팔을 굽히자 팔꿈치에 걸려 있던 두 자루 호두구(虎頭鉤)가 소매 밖으로 빠져나왔다. 마치 손끝에 갈고리를 단 듯한 모습으로 등장한 그는 벽력처럼 정오 대사를 몰아쳤다. 그의 팔이 움직일 때마다 지축이 찢어질 듯한 거센 파공음이 퍼졌다.

반면 비천왜수 풍갈의 무기는 유성추(流星鎚)였다. 긴 쇠사슬의 끝에 머리통만한 크기에 쇠침이 빼곡히 박혀 있는 철구가 달려 있었다. 삼장에 달하는 유성추는 난쟁이인 그의 작은 체구를 보완하고도 남았다. 짧은 팔과 다리, 그리고 목을 움직여 긴 유성추를 자유자재로 움직이는 그의 모습은 신기에 가까웠다.

짧은 무기와 긴 무기를 가진 두 사람의 합공은 거리를 완전히 장악하는 것으로 정오 대사를 압박했다.

그 틈을 이용해 서희가 재빨리 염라불에게 말했다.

"우리가 여기를 맡는 동안 무사들과 함께 소림으로 진격해 주세요."

"명색이 승려인데 재미는 없고, 피 냄새만 맡을 일을 맡기는군."

흡족한 일은 아니지만 그렇다고 이런 상황에 협조를 하지 않을 정도로 무모한 염라불은 아니었다.

"따라오너라!"

그는 오백여 명에 달하는 정예 무사를 이끌고 소화각을 나섰다.

하지만 소화각의 담장을 넘어가기도 전에 그들은 사방에서 날아드는 검기와 장력에 낙엽처럼 흩어지며 쓰러졌다.

담장 밖에서 그들을 기다리고 있던 정도무림 고수들이 일제히 손을 쓴 것이다.

그중에는 현각과 흑영영을 비롯하여 무림십대고수인 엽수무적 왕사와 북산신도 문인량도 속해 있었다.

초절정의 고수들이 동시에 합공을 펼치니 마교의 정예라 해도 손도 쓰지 못한 채 쓰러져 버린 것이다.

"젠장!"

정오 대사를 견제하느라 자리를 지키고 있던 구마천이 일제히 하늘로 날아올랐다. 동시에 소화각 밖에서 때를 기다리던 정도무림의 고수들도 허공을 향해 몸을 날렸다.

드디어 정도무림과 마교의 숭산 대결전이 본격적으로 펼쳐지는 순간이었다.

2

숭산 대결전은 이전에 펼쳐진 마교와의 전쟁과는 전혀 다른 모습이었다.

마교의 중원정벌이 시작되면 정도무림도 발빠르게 연합체를 조직했다. 연합체의 결성이 늦어지면 늦어질수록 무림에 가해지는 위기도 컸다.

한데 이번은 처음부터 연합체를 결성할 시간도 없었을뿐더러, 그럴 여력도 없었다.

구대문파 중 여덟 개의 문파가 몰살당한 마당에 누구와 연합을 하겠는가. 그럴만한 시간도 인력도 없었다.

이번 대결전은 오로지 정도무림의 기둥이라 할 수 있는 고수들에 의해 결정될 판이었다. 그것은 마교도 마찬가지다.

그들도 애초에 구마천을 중심으로 한 소수 정예 부대만을 투입했으니까.

마교의 세력이 모두 이동하려면 그만큼의 시간이 필요하고, 그것은 정도무림에게도 기회였다.

그래서 마교는 처음부터 절정고수들 간의 대결로 승패를 결정짓고자 했다.

어차피 무림의 전쟁에서 승패를 결정짓는 것은 수백, 수천의 무사가 아니라 한두 명의 절정고수이다.

그런 면에서 마황 사승비의 중원정벌은 명쾌했다. 그도 희생은 최대한 줄이고, 승부는 단기간에 낼 수 있는 전략을 취한 것이다.

게다가 구마천의 개인 세력까지 약화시킬 수 있으니 그로서는 일석이조의 효과를 기대할 수 있는 전략이었다.

대응하는 정도무림 역시 마찬가지였다.

그들은 마교가 구대문파를 몰살시킨 전략을 고스란히 소화각에 가지고 왔다.

절정고수들을 투입해 단숨에 승부를 결정지어 버리는 것.

정오 대사를 비롯한 정도무림의 원로들은 마교가 그렇게 했듯 이번 싸움을 소화각 안에서 끝내고 싶어했다.

그래서 암습과 기습조차 마다 않고 제갈천의 전략에 따른 것이다.

하지만 마교의 정예를 그리 쉽게 무너뜨릴 수 있을 것이란 기대는 하지 않았다. 그래서 동원된 것이 소림의 백팔나한진이었다.

간신히 소화각의 담장을 넘어선 염라불과 마교의 정예들을 기다리고 있는 자들이 바로 소림의 백팔나한진이었다.

소림의 백팔나한진은 절정의 고수들로 구성되는 진법이다. 긴 무림사에서도 소림이 백팔나한진을 펼친 것은 단 두 번뿐이었는데, 그중 한 번은 수라천마대제의 제이차 중원정벌에서였다. 소림의 고수들이 총출동해 펼친 백팔나한진도 수라천마대제를 꺾는 데는 실패했다. 그들의 실패는 곧 마도천하로 이어지는 초석이었다.

이후 절치부심하며 백팔나한진을 발전시킨 소림은 마교의 제삼차 중원정벌이자, 무림의 제이차 항마대전으로 명명된 사천결전에서 당시 마교 교주였던 사자천왕 좌붕을 꺾음으로 잃어버린 위신과 명성을 되찾을 수 있었다.

백팔나한진이 제대로 위력을 발휘하려면 비슷한 성취를 이루고 있는 백팔 명의 무승이 필요하다. 아쉽게도 지금의 소림에는 백팔나한진을 원활하게 운용할 만큼의 고수가 많지 않았다.

그러나 백팔나한진의 중심에 혜초 대사를 비롯한 소림 최고의 고수들이 포진하고 있다면 상황은 달라진다.

마교의 교주를 꺾을 정도는 아니지만 절정고수들을 상대하기에는 부족함이 없었다.

"내가 살아 있는 한 마교의 잔당들이 소실봉에 발을 붙이도록 하지는 않을 것이다!"

혜초 대사의 노호성과 함께 백팔나한진이 펼쳐지기 시작했다.

"과연 그럴 수 있겠소?"

염라불이 빈정거리듯 말하며 백팔나한진으로 뛰어들었다. 마교의 무사들도 백팔나한진을 크게 에워싸며 공격을 펼쳤다.

한데 갑자기 백팔나한진을 에워싸고 있던 마교의 무사들을 향해 암기의 비가 쏟아졌다.

"헉!"

"으악!"

마교의 무사들이 당황하며 몸을 돌렸다.

그러자 암왕 당사영을 비롯한 정도무림의 또 다른 고수들이 모습을 드러냈다.

안팎으로의 협공. 그것도 안쪽은 소림의 백팔나한진이고, 바깥쪽은 암왕 당사영과 장비신개를 비롯한 절정고수들이다.

제아무리 마교의 정예들이라도 안팎에서 가해지는 그들의 합공을 받아내기는 어려웠다. 염라불의 눈부신 활약에도 불구하고 마교의 무사들은 점점 줄어들기만 했다.

소화각 내의 싸움은 더 치열했다.

어쩌면 무림사에 이보다 더 치열한 싸움의 장은 없었을 것이다.

무림십대고수 세 명과 십대고수와 비교해 전혀 손색이 없는 현각과 흑영영, 그리고 소림의 장문인인 천초 대사도 함께 있다.

이 좁은 공간에 발을 디디기도 벅찬 거대한 인물들인 것이다.

마교 역시 마찬가지였다.

마황 사승비를 제외한 마교의 최고수들인 구마천이 여섯이나 모여 있는 자리가 아닌가. 그들의 이름 하나만으로도 무림을 진동할 수 있는 고수 열두 명이 이 좁은 마당을 빼곡히 메우고 있는 것이다.

열두 명의 초절정고수들이 뿜어내는 기세만으로도 소화각은 폭발하기 직전이었다.

어차피 이번 대결전은 그들 개개인의 대결로 판가름나게 될 것이다.

"자리를 옮길까요?"

사망독비 율화가 엽수무적 왕사를 향해 말했다.

박투술이 아닌 암기술을 구사하는 그들에게 이 좁은 공간은 너무 큰 족쇄였다.

"그럽시다."

두 사람이 동시에 허공으로 솟구쳤다.

율화가 사용한 신법은 마보쌍교(馬步雙交)였고, 왕사가 사용한 신법은 해연락파(海燕落波)였다. 서로 사용한 신법은 달랐지만 두 사람 모두 비조처럼 날아올라 순식간에 자취를 감춰 버린 것은 마찬가지였다.

비록 두 사람의 모습은 순식간에 사라졌지만 남아 있는 사람들은 모두 느낄 수 있었다. 율화와 왕사 모두 허공에 뜬 채 이미 공격이 시작되었다는 것을.

서희는 잠시 현각을 살폈다.

그의 무공이 예전과 비교해 얼마나 상승했는지 확인해 보고 싶어서였다. 하지만 아무런 느낌도 나지 않았다.

천도문에 있을 때 돌출적으로 튀어나오던 기세도 지금은 완전히 갈무리된 채 그는 유령처럼 서 있었다.

'쉽지 않겠군.'

그렇다고 물러설 서희는 아니었다.

"우리도 자리를 옮길까요?"

"뭐, 짝짓기 합니까?"

현각의 빈정거림에 서희의 얼굴이 야차처럼 차갑게 일그러졌다.

"하면 이 자리에서 죽여주지!"

서희가 날갯짓을 하듯 소맷자락을 떨쳤다. 그러자 그녀의 옷자락이 긴 검처럼 현각을 향해 쏘아져 왔다.

쏴아아!

가슴까지 서늘해지는 살기와 함께 그녀의 긴 옷자락이 순식간에 현각을 휘감았다. 현각은 가볍게 허공으로 몸을 띄웠다. 서희의 옷자락은 마치 살아 움직이는 것처럼 현각을 쫓아 방향을 바꿨다. 긴 옷자락의 중간이 수직으로 솟구쳐 오른 것이다.

"어?"

현각의 몸을 양단해 버릴 듯 맹렬하게 솟구치는 그녀의 옷자락에 현각도 일순 당황했다. 현각이 허공에서 재빨리 몸을 회전하는 순간이었다.

촤아악—!

돌연 그녀의 옷자락이 두 가닥으로 나누어지며 현각의 다리를 휘감았다.

"앗!"

서희의 웅혼한 내공이 담긴 그녀의 옷자락은 거센 물기둥처럼 현각을 덮쳤다. 그녀의 내공보다 더 강렬하게 현각을 압박하는 것은 심장까지 전해오는 그녀의 살기였다.

그녀의 긴 옷자락을 통해 전해오는 살기에 현각도 긴장하지 않을 수 없었다.

타다닥!

현각은 그녀의 옷자락을 발판 삼아 허공 더 높이 솟구쳤다. 동시에 몸을 비틀어 소화각의 담장 너머로 내려섰다.

그러자 서희가 기다렸다는 듯 몸을 날려 현각을 뒤따랐다.

그녀의 옥로혈삼이나 팔극회장박은 모두 넓은 공간에서 더 큰 위력을 발휘하는 무공들이었다. 좁은 공간이라 해서 펼치지 못할 이유는 없으나 현각 같은 고수를 상대할 때는 최적의 조건과 상황으로 만드는 것이 유리했다.

그래서 현각을 넓은 장소로 유인하기 위해 처음부터 필살기로 맞섰던 것이다.

백팔나한이 버티고 있던 소화각의 담장 밖을 훌쩍 넘어 현각이 내려선 곳은 소실봉의 초입이었다.

현각은 굳이 소화각을 떠나고 싶지 않았으나 어쩔 수 없이 소화각 밖에서 서희와 단둘이 마주하게 됐다.

"나한테 할 말이라도 있는 거요?"

현각이 빈정거리듯 물었다.

"할 말이 아니라 할 일이 있는 거다. 네놈을 죽이는 것!"

말과 함께 그녀의 맹렬한 공격이 다시 시작되었다.

파파팟!

그녀의 소맷자락이 현각과 서희 사이의 모든 공간을 장악하며 날아들었다. 그녀의 옷자락은 수십 개의 검이기도 했고, 수백 개의 창이기도 했고, 수천 개의 채찍이기도 했다.

숨 쉴 공간조차 지워 버리며 날아오는 그녀의 옷자락에 현각도 심호흡을 했다. 눈으로 보이는 공격은 매서우나 그 원리는 간단할 수도 있었다.

현각은 거센 바람에 흩날리며 자신을 휘몰아치던 버드나무 가지를 연상했다.

그녀의 옷자락이 아무리 길고 넓어도 수만 개의 버드나무 가지만 하랴. 게다가 아무런 규칙도 없이 바람 따라 흩날리는 버드나무 사이를 휘저으며 수련한 주먹이 있지 않은가.

마음이 곧 몸이고, 몸이 곧 힘이다.

현각은 버드나무 사이를 휘젓던 것처럼 주먹을 내지르기 시작했다. 몸을 움직이는 것이 아니라 마음을 움직였다. 그녀의 옷자락을 피해야 한다는 마음이 그의 몸을 움직이고 있는 것이다.

현각은 그녀의 공격에 맞서지도 않고, 그녀의 공격을 깨뜨리지도 않았다.

오히려 그녀의 공격에 몸을 실었다. 대나무를 정복하려 하지 않고 대나무의 흔들림에 몸을 맡겼듯이 그녀의 옷자락에 몸을 실은 것이다.

강하게 뻗어오면 강한 힘을 따라 몸을 튕기고, 그를 휘감으려 하는 공격 앞에서는 역으로 몸을 회전했다. 마치 춤을 추듯 서희의 옥로혈 삼 속에서 자유자재로 몸을 움직이고 있는 것이다.

하지만 반격할 지점은 보이지 않았다.

그녀의 강력한 옥로혈삼 속에 갇혀 그녀의 형체는 보이지도 않았다. 그렇다고 초조해하지는 않았다. 어차피 먼저 지치는 쪽은 서희가 될 테니까.

현각의 무형공은 내공을 축적시키지도 않았고, 그렇기 때문에 내공을 소모시키지도 않는다. 싸움이 길어진다고 해서 지칠 이유가 없는 것이다.

반면 서희의 옥로혈삼은 강력한 내공을 필요로 하는 만큼 내공의 소모도 심했다. 더욱이 현각은 그녀의 비기인 팔극회장박조차 통하지 않는 상대가 아닌가.

그녀의 초조함을 읽은 현각이 긴장 속에서도 씨익 웃었다.

드디어 그녀의 허점을 찾아낸 것이다. 아무리 초절정의 고수라도 마음의 흔들림은 손의 둔함으로 이어질 수밖에 없다. 상대가 하수라면 상관없겠지만 같은 수준의 고수라면 작은 허점도 놓치지 않는 법이다.

"지금이다!"

현각이 물살을 가르는 날찬 제비처럼 그녀의 옥로혈삼 위를 달려갔다. 그녀의 진기가 압축된 그녀의 옷자락은 살짝만 스쳐도 전신이 진탕될 만큼의 강력한 힘을 담고 있었다.

그런데 현각은 마치 물 위를 걷듯 그녀의 옷자락 위를 달리는 것이다. 구름 위를 달리듯 가볍고 날렵하게.

힘으로 맞서려 했다면 감당하기 어렵겠지만 현각은 마음을 비웠다. 마음을 비우니 몸 또한 비워지고, 그의 몸은 자연히 먼지처럼 가볍게 변했다. 서희의 진기를 억누르는 것이 아니라 진기가 미치지 않는 것이다. 아무리 강력한 진기라도 허공에 떠도는 먼지를 상대로 무엇을 할 수 있겠는가.

서희는 사람이 아니라 먼지와 상대하는 것 같았다. 아니면 구름이기도 했고, 안개이기도 했다. 도무지 현각의 실체가 느껴지지 않는 것이다.

서희가 급급히 옷자락을 거두어들였다. 하지만 그때는 현각이 그녀의 지척까지 이르러 있는 순간이었다.

안개처럼 다가온 현각이 돌연 태산처럼 무겁게 돌변했다. 그리고 서희를 향해 뻗어낸 주먹에는 천지를 진동시킬 강력한 힘이 실려 있었다. 그가 내민 것은 작은 주먹이지만 서희를 향해 다가가는 것은 태산이었다.

서희도 재빨리 양손을 들어 그의 일격에 맞섰다.

콰콰쾅—!

둘이 겨룬 이래 처음으로 진기의 폭발이 일었다.

거센 폭발에 주변의 나무들이 넘어지고 지축이 흔들렸다. 절정고수의 진기가 폭발했으니 당연한 일이었다.

"압!"

서희가 그의 힘을 감당하지 못하고 세 걸음이나 뒷걸음질쳤다.

"이럴 수가!"

아무리 무형공을 익힌 현각이라지만 정면 승부에서 그녀가 뒷걸음질을 친 것은 처음이었다.

서희의 강렬한 눈빛에 핏발이 올랐다.

"죽인다!"

그녀가 이를 갈며 말했다.

갑자기 서희의 동공이 확대되며 얼굴이 일그러지기 시작했다. 그녀는 선천진기까지 모조리 끌어올리고 있는 것이다. 그녀를 주변으로 공기가 기이하게 요동치기 시작했다.

'저건 또 뭐야?'

자연의 기운을 송두리째 흔들어 버리는 듯한 그녀의 낯선 기운에 현각도 일순 당황했다.

'뭔가 요상한 짓을 하려는 거야. 그전에 막아야 해!'

현각이 수도를 만들며 서희를 향해 쇄도했다. 그의 손끝에서 뻗어진 강기가 해일처럼 서희를 덮쳤다.

하지만 그 순간 서희의 삼단 같은 머리카락이 폭발하듯 뿜어지며 현각에게 쏘아졌다.

쐐쐐쐐―!

동시에 서희의 얼굴은 흙빛으로 변했다. 그녀의 작은 몸은 깊게 뿌리를 내린 고목처럼 변했고, 그녀의 머리카락은 수만 개의 나뭇가지처럼 길게 뻗어 나와 현각을 덮쳤다.

너무나 강렬하고 기이한 공격에 현각조차 맞설 엄두를 내지 못한 채 다급히 뒤로 물러섰다. 하지만 그녀의 머리카락은 빛살처럼 빠르고 강력하게 현각을 향해 몰려왔다. 마치 그녀의 온몸이 머리카락으로 차 있었던 듯 끝도 없이 뻗어져 오는 것이다.

눈으로 보면서도 믿기 힘든 그녀의 사이한 공격에 현각은 당황했다. 자연의 이치를 완전히 역행하는 공격이라 대응할 방법이 없는 것이다.

현각은 숨조차 쉬지 못한 채 그녀의 머리카락을 쳐내고 피하기에만 급급했다.

'젠장! 마귀 같은 년!'

그녀의 머리카락에 갇힌 현각은 진기의 운용조차 되지 않았다. 그녀의 머리카락이 만들어놓은 장막이 자연과의 호흡조차 가로막고 있는 것이다.

그 순간에도 서희의 얼굴색은 점점 짙게 변해갔다. 얼굴은 물론 온몸의 혈관까지 불쑥 솟아오른 그녀의 모습은 인간이라고 봐주기 어려울 정도로 기괴하고 흉측했다.

그것은 아수라성녀 서희의 본모습이기도 했다.

구마천조차 속이고 있던 그녀의 원래 얼굴. 그 얼굴이 바로 지금의 흙빛 괴물이었다. 그녀가 익힌 구마회혼신공(九魔回魂神功)이 불러온 재앙이었다.

구마회혼신공은 마교에서도 이백여 년 전에 실전된 마공이었다. 천마교의 서고에서 우연히 구마회혼신공을 얻은 서희가 남몰래 수련을 시작한 것이 벌써 사십 년 전의 일이었다.

그녀는 구마회혼신공을 극성으로 수련했지만 나무껍질처럼 변해 버린 외모 때문에 세상으로 나올 수 없었다.

그런 그녀를 구해준 사람이 바로 마황 사승비였다. 마황 사승비가 그녀에게 건네준 또 하나의 비급인 옥안마공(玉顔魔功)을 통해 그녀는 자신의 외모를 바꿀 수 있었던 것이다. 옥안마공은 천하제일의 추녀도 천하제일의 미녀로 탈바꿈시킬 수 있는 둔갑술이었다. 하지만 옥안마공을 익히려면 강력한 화공을 익힌 고수와의 음양 교합이 필요했다. 일 년에 한 번씩은 반드시 그 열기를 체내에 받아들여 마성을 억눌러야 했던 것이다.

서희 정도의 고수에게 치솟는 마성을 억누를 수 있는 화공은 마황의 수라천마화공밖에 없었다.

그것은 마황 사승비가 서희를 자신의 수족처럼 부리는 무기이기도 했다.

그래서 서희는 장천을 필요로 했던 것이다. 수라천마화공을 익힌 또 한 명의 절정고수. 그 사내를 자신의 남자로 만들고자 한 그녀의 욕망은 너무나 당연했다.

장천만 자신의 남자로 만들 수 있으면 구마회혼신공의 공포에서도 벗어날 수 있고, 마황의 지배에서도 벗어날 수 있었다.

하지만 그전에 넘어야 할 산이 지금 눈앞에 있는 현각이었다.

구마회혼신공은 인간의 육체를 뛰어넘는 무공이며, 인간의 인성조차 지배하는 절정의 마공이었다.

"크아아악!"

괴성을 지르며 서희가 머리를 마구잡이로 흔들었다. 그때마다 그녀의 머리카락이 요동치며 현각을 핍박하고 위협했다.

'두려워하면 안 돼!'

현각은 그녀의 괴기스런 외모와 무공에 두려움을 느낀 자신의 마음이 무형공을 억누르고 있음을 깨달았다.

'인간의 몸도 자연에서 빚어진 거야. 인간의 몸이 기괴한 힘을 발휘한다고 해서 자연에 속하지 않는 게 아니라고!'

현각은 두려움을 떨치며 정신을 집중했다.

'자연을 역행하는 힘은 결국 자연 앞에서 무너질 수밖에 없어!'

현각은 눈을 감은 채 서희의 머리카락이 요동치는 곳을 향해 수도를 내려쳤다. 그의 손끝에서 뻗어 나온 자색의 강기가 요동치던 머리카락을 일부 잘라냈다.

검에 변한 서희의 얼굴에서 유난히도 붉게 빛나던 그녀의 핏빛 눈동자가 더욱 강렬하게 빛을 뿜었다.

"누가 무서워할 줄 알고!"

현각이 자신에게 말하듯 크게 소리치며 수도를 사정없이 휘두르기 시작했다. 그의 마음은 이미 두려움을 벗어났고, 오히려 자신감으로 충만했다. 그의 자신감은 무형공에 대한 믿음이었다.

아무리 기괴한 마공이라 해도 결국 무형공을 이기지 못할 것이란 자신감.

그의 자신감은 이내 그의 체내에 감돌던 자연의 기운을 촉발시켰다. 그리고 두려움을 잊은 몸으로 그녀의 머리카락 사이를 휘젓기 시작한 것이다.

그의 마음보다 앞서 그의 손끝을 통해 발출되는 자색의 강기가 서희의 머리카락을 잘라 버리기 시작했다. 잘라지는 것은 머리카락이지만 피를 쏟는 것은 서희의 몸이었다.

서희의 머리카락은 그녀의 몸을 대신하는 분신이었던 것이다.

자식이 다치면 어미의 가슴에 피가 흐르듯 서희의 전신으로 핏물이 흘러나오기 시작했다. 그것은 단지 현각의 공격으로 인한 것만은 아니었다.

구마회혼신공을 무리하게 운용한 그녀 내부의 충돌과 마찰 때문이기도 했다.

"끄아아악—!"

그녀의 입에서 인간의 소리라고는 생각하기 어려운 괴성이 연신 터져 나왔다. 스스로 자신의 진기를 감당하지 못하고 무너지고 있는 것이다.

구마회혼신공을 억누르기 위해 옥안마공을 익힐 때부터 예정되어 있던 일이다.

두 가지 무공 다 극성의 마공이었다. 그녀의 몸속에는 한 사람의 몸이 감당하기엔 벅찬 극렬한 마기가 잠재돼 있었던 것이다. 그리고 그녀도 의식하지 못한 채 무리한 내공의 운용으로 폭발하고 있는 것이다.

그녀는 현각의 공격 때문이 아니라 그녀 내부의 마기로 인해 스스로 무너지고 있는 중이었다.

마지막 발악을 하듯 요동치는 그녀의 머리카락은 주변에 존재하는 모든 것을 쓸어버렸다. 나무도, 풀도, 심지어 돌까지 깨고 부수며 주변을 잠식했다.

아무리 절정의 무공을 익히고 있으면 무엇 하겠는가. 스스로 감당하지 못할 무공이라면 무용지물인 것을.

자연의 순리를 역행하는 무공이 가진 한계를 서희가 증명하고 있는 셈이었다.

"잘 가시오, 마녀."

현각이 발악하듯 요동치는 그녀의 머리카락 사이로 한 가닥의 강력한 강기를 뿜어냈다.

콰콱!

그의 강기는 마성에 사로잡혀 울부짖던 서희의 미간을 관통했다.

스스슥.

요동치던 서희의 머리카락이 빨려 들어가듯 그녀의 몸 안으로 밀려들어 갔다. 그리곤 흙빛으로 변해 있던 그녀의 얼굴도 점차 살색으로 돌아왔다. 하지만 현각이 알고 있던 서희의 얼굴은 돌아오지 않았다.

주름으로 가득한 초라한 노파의 모습.

한 시대를 풍미한 아수라성녀 서희의 마지막 모습은 초라하고 쓸쓸하기 그지없었다.

제9장

마황 사승비

1

소화각 내의 결전은 더욱 치열하고 처절했다.

한 사람만으로 천하를 진동할 고수가 여덟 명이나 모여 있는 곳이다. 더욱이 그들이 일제히 손을 쓰고 있음에야 말해 무엇 하랴.

만약 그들 중 한 명이라도 진기를 폭발시킨다면 소화각은 흔적도 없이 날아가 버릴 것이다. 하지만 그들은 진기를 운집하기만 할 뿐 내뿜지 않았다.

지금 상황에서 진기를 내뿜었을 때 일어날 일을 누구보다 그들 스스로 잘 알기 때문이었다.

진기를 내뿜지 않아도 그들의 대결은 숨 막힐 정도로 매섭고 강렬했다.

그 중심에 있는 것은 당연히 정오 대사였다.

정오 대사는 추혼수 종일비와 비천왜수 풍갈 두 사람을 상대하면서도 조금도 밀리거나 지친 기색이 없었다.

반면 종일비와 풍갈은 벌써 전신에 부상을 입은 채 간신히 버티고 있는 중이었다.

더욱 처절한 것은 북산신도 문인량과 붙은 혈검 포유였다.

완전히 진기를 억누른 채 오로지 초식만으로 대결하는 두 사람의 싸움은 두 사람 모두를 피투성이로 만들어놓은 것이다. 한 치의 빈틈도 허용하지 않았고, 단 한 번의 실수도 치명적인 부상으로 이어졌다.

용호쌍박의 진수를 보여주고 있는 두 사람의 대결은 도검술의 절정이었다.

이런 싸움의 경우 두 사람이 서로 옷깃도 스치지 못하거나, 아니면 지금처럼 서로 피투성이를 만들 수밖에 없었다.

단 일 격으로 승부를 내지 못하면 두 사람 모두 지쳐 쓰러질 때까지 싸워야 하는 승부.

두 사람은 바로 그 처절한 승부를 펼치고 있는 것이다.

뇌진천의 상대는 천초 대사와 흑영영이었다.

십대고수들에 비해서는 조금 못미치지만 십대고수 못지않은 고수들인 천초 대사와 흑영영 두 사람을 상대해야 하는 뇌진천의 입장이라고 편할 것은 없었다.

그의 자존심과 자부심이 짓밟힌 것은 이미 오래전의 일이고, 지금 그는 오로지 살아남기 위해 싸워야 했다.

'처음부터 승산없는 싸움이었어!'

정오 대사를 상대하려면 마황 사승비가 직접 나섰어야 한다. 하지만 그가 오기는커녕, 오히려 구마천의 일인인 장천조차 제외시켰다.

뇌진천은 지금에야 깨달았다, 마황은 처음부터 이번 싸움에서 승리하고자 하는 의지가 없었다는 것을. 마황이 원한 것은 여기서 구마천을 모두 제거하는 것이었다.

그래서 처음부터 중원정벌을 구마천의 힘만으로 시작한 것이다.

정작 마황과 그의 정예인 수신십위(守身十衛)나 무영대 같은 정예들은 움직이지도 않았다. 그리고 그의 후계자인 장천조차 이번 숭산 대결전으로부터 분리시켰다.

오로지 자신의 입지를 다지기 위한 기회로 생각하고 무모하게 돌진해 온 자신들의 어리석음이 화를 자초한 것이다.

그들의 지나친 욕심이 사리분별을 흐려놓은 것이니 누구를 원망하고, 누구를 탓할 것인가.

욕망으로 가득 차 있던 구마천과 달리 마황은 욕심이 없었다. 그도 중원무림을 지배하겠다는 야욕을 품었다면 구마천과 운명을 함께했을 것이다.

하지만 그는 정복의 야욕 따위는 애초에 품어보지도 않았다. 그랬기에 과감히 구마천을 버릴 수 있었던 것이다.

그들은 죽을힘을 다해 구대문파 중 여덟 개의 문파를 몰살시켰다. 그리곤 이 자리에서 그들 역시 몰살당할 것이다.

그럼 장차 그 누가 마황을 대적하고 마황을 견제할 수 있단 말인가. 무림은 당연히 마황의 독보천하가 될 것이다.

마황은 손끝 하나 움직이지 않고 무림을 장악하게 되는 것이다.

그것은 뇌진천뿐 아니라 혈검 포유도 느끼고 있는 후회였다.

너무나 뻔한 진실을 왜 이제야 알아챘을까?

그들은 마황을 무시했고, 정도무림을 가벼이 여겼다.

자신들이 마황을 칠 수는 있어도 마황이 자신들을 버릴 수는 없을 것이란 그들의 오만이 오늘을 만들었다.

'마황! 당신이 나를 버렸으니 나도 당신을 버리겠소. 결코 당신의 뜻대로 되게 하지는 않을 것이오!'

뇌진천이 이를 악물었다.

그리곤 돌연 흑영영의 앙칼진 손아귀에 자신의 몸을 밀어 넣었다.

번뜩이는 흑영영의 손이 운집된 진기를 가득 담은 채 뇌진천의 태양혈과 미심혈을 연이어 내려쳤다.

"푸흡!"

뇌진천의 입에서 분수처럼 피가 뿜어졌다.

"어?"

오히려 놀란 것은 흑영영이었다.

팽팽하게 맞서던 뇌진천이 자살이라도 하듯 자신의 손 아래 몸을 던졌으니 놀랍고 당황스러웠다.

분수처럼 피를 토하는 뇌진천이 실성한 사람처럼 웃었다.

"크크크크!"

그의 돌연한 행동은 치열하게 맞서고 있던 다른 사람들의 손까지 멈추게 만들었다.

뇌진천이 흑영영을 노려봤다. 원망이 아닌 희망과 기대를 담은 눈빛이다.

"좋은… 수법이다……. 크흑… 크크크크……."

마지막까지 영문을 알 수 없는 웃음을 흘리며 뇌진천이 쓰러졌다.

털썩.

혈검 포유는 뇌진천의 마음을 느낄 수 있었다. 마황에게 복수하기 위해서라도 한 명의 고수라도 더 남겨놓으려는 뇌진천의 마음을…….

그것은 마황의 수족을 자처해 온 추혼수 종일비와 비천왜수 풍갈도 마찬가지였다. 아니, 마황의 수족이었기에 두 사람이 느끼는 배신감은 더욱 컸다.

설마 하니 마황이 자신들까지 버릴 것이라곤 생각지 못했으니까.

그들을 더욱 분노하게 만드는 것은 구공자는 남겨놓았다는 사실이었다. 십여 년이 넘는 세월을 한 몸같이 섬긴 자신들은 버리면서 근본도 알 수 없는 구공자는 남겨놓았다.

그들에게 심경의 변화가 생겼다는 것을 가장 먼저 느낀 사람은 정오 대사였다.

뇌진천의 죽음과 함께 그들을 불태우고 있던 투지가 완전히 꺾여 버린 것이다. 그들은 더 이상 싸우고 싶어하지 않았다.

"아미타불. 그대들의 마음은 알겠으나 이대로 물러가게 하기엔 우리가 흘린 피가 너무 많소. 노납의 모진 손속을 원망 마시오."

정오 대사가 나직이 말했다.

그리곤 정오 대사의 주변으로 진기가 요동치기 시작했다.

작은 소음도 없고, 먼지의 작은 흩날림조차 없다. 조용히 서 있는 정오 대사의 몸도 아무런 움직임이 없다.

하지만 마주 서 있는 사람은 모골이 송연한 느낌에 소름이 돋아 올랐다.

'헉! 이것이 화경에 이른 고수의 진정한 힘이구나…….'

무후 교회를 통해 초절정을 일찍이 경험한 흑영영조차 숨이 막힐 정도로 정오 대사의 진기는 강력했다.

소화각을 통째로 날려 버릴 듯한 거센 진기의 요동에 천초 대사와 흑영영은 물론 북산신도 문인량까지 재빨리 몸을 뺐다.

구마천은 피하지 않았다. 피하고 싶다 해도 피할 수 없었다.

그들이 그토록 원했으나 결국 마황을 꺾지 못했듯 자신들이 아무리 발버둥을 쳐도 정오 대사를 누를 수 없음을 확인하고 있을 뿐이었다.

같은 초절정의 고수라 해도 그는 이미 다른 경지에 있는 고수였다.

정오 대사를 중심으로 요동치던 진기가 서서히 밖으로 뿜어지기 시작했다.

콰콰콰쾅—!

소화각을 통째로 무너뜨리는 강력한 폭발이었다.

"헉!"

현각은 다급하게 소화각을 향해 몸을 날렸다.

정오 대사가 있는 한 정도무림이 패하는 일은 없을 것이다. 하지만 이 정도의 폭발이 있을 정도로 치열한 싸움이라면 흑영영이 다칠지도 몰랐다.

서희를 통해 경험했듯 구마천의 무공이란 눈으로 보이는 것만이 아니니까.

현각이 바람처럼 몸을 날려 소화각으로 들어섰다.

하지만 소화각에 들어서는 순간, 그는 깊은 안도의 한숨을 쉬었다.

"휴우……."

흑영영이 수정처럼 커다란 눈망울로 자신을 멀뚱히 바라보고 있으니까.

쓰러져 있는 것은 모두 구마천의 인물들이었다.

소화각 내부뿐 아니라 바깥의 치열했던 접전도 끝나 있었다. 백팔나한의 희생이 적지는 않았으나 그들은 이겼다. 마교는 결국 소림사의 현판조차 보지 못한 채 이 자리에서 몰살당한 것이다.

구대문파 중 여덟 문파를 단숨에 격파한 그들의 솜씨는 놀라웠지만, 그 여파는 끝내 극복하지 못한 셈이었다.

그들에겐 더 이상의 지원군이 오지 않았지만, 소림사에는 강력한 지원군이 몰려왔으니까.

그 순간 승부는 이미 결정지어져 있었던 것이다.

최악의 중원정벌로 기억될 숭산 대결전은 이렇게 간단히 끝나 버렸다.

"우리가 모두 죽은 걸로 생각한다면 마황이 직접 나서지 않을까요?"

천초 대사의 질문에 정오 대사가 머리를 저었다.

"무림을 얻고자 했으면 자신의 수하들을 이리 허무하게 보내진 않았겠지."

마황이 직접 나섰다면 오늘 결전의 향배도 완전히 달라졌을 것이다. 한데 그는 오지 않았다.

"그는 애초에 중원정벌에 마음이 없었던 모양이네."

"하면 왜 이토록 엄청난 일을 벌였을까요?"

혜초 대사의 물음에 흑영영이 당돌하게 끼어들었다.

"보고도 모르시겠어요? 이번 중원정벌은 처음부터 구마천을 제거하기 위한 음모였던 거죠. 각 개인의 힘으로 구대문파를 몰살시킬 정도로 세력을 키웠으니 마황 혼자의 힘으로도 어쩔 수 없었나 보죠 뭐."

가장 짧은 시간, 가장 많은 인명 피해를 낸 싸움이다.

한데 그 목적이 단지 구마천을 제거하기 위함이었다니.

마황의 교활함과 잔인함에 새삼 치를 떨 뿐이었다.

"마황은 오지 않을 걸세."

정오 대사가 씁쓸히 말했다.

하지만 그의 예상은 틀렸다.

2

천도문의 높은 문을 들어서는 마황의 심장은 격렬하게 요동쳤다.

얼마 만에 다시 오는 천도문인가? 그리고 얼마나 다시 오고 싶던 천도문인가?

장승풍의 손에 처참하게 쫓겨나는 순간부터 오늘에 이르기까지 단한순간도 잊은 적 없던 곳이다.

마황이 씁쓸히 천도문의 정문으로 들어섰다.

"별것도 아니군."

별것도 아닌 이 정문으로 들어오기를 얼마나 꿈꿨던가. 처음 이곳에 올 때도, 그리고 이곳에서 쫓겨날 때도 넘어보지 못한 대문이다. 그에게 이 높은 대문은 영원히 넘을 수 없는 거대한 장벽처럼 느껴졌었다.

하지만 이제 그를 막을 수 있는 사람은 아무도 없었다.

설사 장승풍이 살아 있었다 해도 그의 앞을 막지는 못했을 테니까.

마황은 여전히 금사로 얼굴을 가린 채 조용히 청룡전을 향해 걸음을 옮겼다.

느닷없는 그의 등장에 보초를 서고 있던 무사들이 화들짝 놀라며 머리를 조아렸다. 그러는 한편으론 놀랍고 신기했다.

명색이 교주인 마황이 호위무사 하나 없이 천도문까지 오다니.

하지만 마황에게 호위무사가 무슨 의미가 있겠는가. 천하에 그를 공격할 실력과 자격을 갖춘 자는 정오 대사뿐이었다. 만약 정오 대사가 그를 공격한다면 천 명의 호위무사가 있어도 막지 못할 것이다.

천마교 내에서 호위무사를 두고 있는 것도 실질적인 역할보다 상징적인 의미가 더 컸다.

더욱이 지금 그의 적이 될 만한 고수들은 모두 숭산에 모여 있는 상태였다.

마황은 독보천하를 하듯 태연히 천도문까지 행차한 것이다. 그리고 유유히 청룡전으로 향하는 높은 계단을 올라갔다.

그를 바라보고 있는 무사들은 태연한 그의 한 걸음, 한 걸음에도 태산이 움직이는 것 같은 느낌에 마른침을 삼켰다.

청룡전 앞에서 수련을 하고 있던 장천도 느닷없는 그의 등장에 당황함을 감추지 못했다.

그가 천도문을 근거지로 삼았을 때부터 뭔가 있을 거란 생각은 했지만 설마 직접 천도문까지 올 것이라곤 전혀 생각하지 못했으니까.

"내가 온 것이 놀라우냐?"

마황이 면사 속에서 말했다.

"그렇습니다."

"보고 싶은 것이 있었거든."

"……?"

면사 위로 드러난 마황의 눈이 싸늘하게 웃었다.

"장승풍의 시체는 어디 있느냐?"

"……!"

장천은 도무지 이해할 수가 없었다. 마황이 왜 아버지를 찾는 것일까? 도대체 아버지와 마황이 상관있을 일이 뭐란 말인가?

멍한 장천을 향해 마황이 나직이 말했다.

"안내하거라."

"존명……."

여전히 멍한 채로 장천이 조용히 앞장섰다.

장승풍의 시체가 있는 곳은 청룡전 뒤편 암벽의 중간쯤에 있는 작은 석실이었다. 처음에는 장승풍의 비밀 연공을 위해 마련된 장소였는데, 어느덧 죽은 그의 시체를 보관하는 무덤으로 변해 있었다.

장천이 신법을 전개하며 암벽을 올라갔다.

직각으로 깎여 있는 가파른 절벽이다. 한데도 뒤따르는 마황은 마치 평지를 걷듯 태연히 걷고 있었다.

암벽의 중간에 있는 석실 앞에 이르자 마황은 장천에게 말했다.

"너는 내려가 기다리거라."

"존명."

장천이 내려가는 모습을 확인한 마황이 서서히 석실 안으로 걸어 들어갔다. 장승풍의 시체를 향해.

청룡전의 지하 석실을 향하는 장천은 초조함을 억누르기 위해 입술
을 지그시 깨물었다.

'그렇게 떠나라고 했건만!'

미련하게도 백화린은 떠나지 않았다.

마황과 천도문 간에 무슨 악연이 있는지는 알 수 없다. 하지만 그가
백화린을 살려둘 것이란 생각은 들지 않았다.

장천은 초조하게 백화린을 찾아갔다.

백화린은 영원히 움직이지 않는 돌부처처럼 지하 석실에 버티고 앉
아 있었다.

그녀는 도저히 떠날 수가 없었다.

차라리 장천이 냉정한 모습으로 자신을 잡으려 했다면 그를 꺾고서
라도 떠났을지 모른다. 하지만 그는 후회하고 있었다.

후회하고 슬퍼하고 아파하고 있었다.

백화린은 그런 장천을 외면할 수 없었다. 그의 슬픔과 아픔은 결국
자신에게서 비롯된 것이 아닌가.

자신이 현각을 그로 착각하는 실수만 하지 않았다면 이런 비극은 벌
어지지 않았을지도 모른다. 부군도 알아보지 못한 자신의 무지함이 그
의 인생을 이토록 나락에 떨어뜨려 버린 것이다.

그래 놓고 혼자 살길을 도모하는 것은 있을 수 없는 일이었다.

어차피 현각을 떠나보내는 순간 각오한 죽음이다. 이 죽음을 장천을
위해 바칠 수 있다면 더 이상의 여한은 없었다.

그렇게 백화린은 천도문의 지하 뇌옥에 버티고 있었다.

그녀의 의연한 모습에서 장천은 진심을 느꼈다. 그런 그녀에 대한 복수와 증오의 감정을 불태운 자신은 얼마나 치졸한 사내인가.

그렇기에 더 더욱 백화린을 이대로 둘 수 없었다.

"마황이 왔소."

"……!"

마황이란 말에 백화린도 헛바람을 들이키며 눈을 치켜떴다.

"마지막 기회요. 지금 가시오!"

"……."

"어서요!"

마황을 지척에 두고 도망을 도모한다는 것 자체가 불가능한 일임을 백화린은 안다. 마황 같은 고수가 도망치는 사람의 기운을 느끼지 못할 리 없지 않은가.

자신의 도망은 장천의 입장만 곤란하게 할 게 뻔했다.

어차피 죽기를 각오한 목숨인데 이제 와서 장천을 곤란하게 만들 필요는 없었다.

"가지 않겠습니다."

백화린은 단호했다.

"결정은 내가 하겠소."

말과 함께 장천이 슬쩍 손을 움직였다. 하지만 백화린이 그의 움직임을 눈치 챘을 땐 그의 손이 백화린의 마혈을 점한 뒤였다.

졸지에 마혈이 점혈당한 백화린은 통나무처럼 굳은 채 눈으로만 외쳤다. 하지만 장천은 그녀의 눈빛을 외면하며 목우령을 향해 말했다.

"어서 데리고 가세요. 승천전 지하에 비밀 통로가 있습니다. 길은 부인이 잘 알 겁니다."

목우령이 돌아서려는 장천의 손목을 잡았다.

"너도 함께 가자."

"잊으셨소, 난 마교의 사람이란 것을?"

장천이 싸늘하게 말했다.

하지만 이제는 그의 싸늘함이 진심이 아니라는 것을 안다.

목우령이 안타깝게 물었다.

"진정 마교의 사람이라면… 왜 사매를 놓아주려는 것이냐?"

"……."

장천은 차마 말할 수가 없었다. 마음속으로는 너무나 분명하게 외치고 있지만 차마 입을 열지는 못했다.

그는 백화린을 증오했다. 그녀를 사랑한 만큼 증오하고 원망했다.

못난 열등감에 사로잡혀 감히 사랑한다고 생각조차 해보지 않았던 백화린이다. 하지만 그녀가 자신이 아닌 다른 남자와 함께 있는 순간 깨달았다. 자신이 얼마나 그녀를 사랑했는지.

그리고 그토록 이를 악물고 되돌아오고자 했던 것도 그녀 때문이었음을 현각 옆에 있는 그녀를 본 순간에야 깨달았다.

그 분노는 자신에 대한 울분과 뒤섞이며 천도문을 피바다로 만들어버린 것이다. 어차피 다른 선택의 여지도 없었지만.

"그녀를 살리고 싶으면 어서 가세요. 시간이 없습니다."

목우령이 점혈당한 채 굳어 있는 백화린을 하나뿐인 팔로 덜렁 들어 어깨에 걸쳤다. 그리고 장천을 향해 말했다.

"깊은 강이다. 너무 멀리까지 가지 말거라."

마교와 정도무림 사이에는 건널 수 없는 넓은 강이 존재하고 있었다.

한데 장천은 그 강을 넘어 마교의 언덕에 오르려 하고 있다. 아니, 이미 올랐다. 하지만 지금이라도 뒤돌아온다면 기댈 언덕은 얼마든지 있지 않겠는가.

목우령의 말에 장천은 그저 쓴웃음만 지었다.

'이미 너무 멀리까지 와 있소.'

장승풍의 관을 내려다보는 마황은 씁쓸하고 허탈했다.

"정말 실망이오. 이렇게 일찍 죽을 줄이야."

예전의 모습은 간데없이 백골이 되어 누워 있을 그를 생각하면 인생이 허무하기까지 했다.

"당신에 대한 증오심이 여기까지 오게 만들었소. 그러니 오히려 고맙다고 해야 하나?"

장승풍을 만나면 하고 싶은 말이 너무나 많았던 마황이다. 그러나 시체가 되어 누워 있는 장승풍은 아무런 대답도 해주지 않았다.

"당신에게 얻은 교훈이 있소. 죽이려고 마음먹었으면 반드시 죽여야 한다는 거요. 아니면 나 같은 불씨를 만들게 되니까."

죽어 있는 장승풍을 보면서도, 시체가 되어 누워 있는 모습을 눈으로 확인하면서도 마황의 분노는 꺾이지 않았다. 꺾일 수가 없었다.

자신을 향해 도를 겨누던 장승풍의 모습을 어찌 잊는단 말인가?

오히려 그날의 상처가 되살아나는 듯 마황의 눈이 분노로 이글거렸다. 그리곤 한 자 한 자 씹어뱉듯 말했다.

"어떻소? 당신 아들이 있어야 할 자리를 내 아들이 차지하고 있는 모습이? 하긴 따지고 보면 그 아이도 당신 핏줄이지… 후후훗……."

제10장

출생의 비밀

1

마교가 휩쓸고 간 섬서성은 황량하고 침울했다.

화산파와 종남파가 주저앉았고, 풍검가는 봉문을 한 채 깊은 침묵에 빠져 있었다. 그리고 천도문은 마교의 근거지가 되어 있으니 섬서성은 마도천하라 해도 과언이 아니었다.

비록 숭산 대결전에서 마교가 참패하긴 했지만 천도문을 차지하고 있는 세력은 여전히 건재했다.

그리고 천도문에서 마교와 정도무림 간의 최후 결전이 벌어질 거라는 근거없는 소문까지 더해져 서안은 뒤숭숭하기 이를 데 없었다.

만약을 대비해 당분간 서안을 떠난 사람들도 있고, 어쩔 수 없이 남아 있는 사람들은 불안감에 젖어 있었다.

장홍련과 함께 서안에 당도한 사예랑과 동악은 물론 광동삼웅도 마음이 편치 않았다. 하지만 그들 모두의 불안한 마음보다 더 크게 불안한 사람은 장면이었다.

'천도문이 마교의 근거지가 돼 있다니!'

그렇다면 자신은 무엇을 위해 그 오랜 시간을 참고, 싸워왔단 말인가. 아버지를 배신했고 형님의 죽음에 내심으로 미소 짓던 장면이다. 오로지 천도문이란 목표 앞에 부모 형제마저 외면했었다.

그런데 그 천도문이 마교의 차지가 되어 있다니 막막함을 넘어 절망감이 느껴질 정도였다. 더욱 놀라운 사실은 천도문 공격의 선봉이 장천이었단 사실이다.

"현각이?"

"형님이?! 에이, 설마……."

소문을 들은 사예랑과 동악이 동시에 콧방귀를 꼈다.

하지만 장홍련과 장면의 입장은 달랐다.

장홍련의 얼굴은 침울하게 가라앉았다. 만약 현각이 정말로 풍연의 아들이라면 가능한 일이다. 풍연은 타고난 무재였고, 무골이었다. 처음 그런 풍연에게 무공을 가르치는 것은 장홍련의 유일한 낙이고 즐거움이었다.

하지만 그가 세상으로 나가겠다고 마음먹었을 때 그의 재능은 장홍련에게 두려움으로 변했다. 만약 그가 세상에서 상처를 받고 자신의 재능을 이용한다면 무림을 뒤흔들 무서운 존재로 바뀔지도 모를 일이기 때문이었다.

그녀의 걱정이 현실이 되어 나타난 모양이다.

현각이 풍연의 아들일지도 모른다는 사예랑의 추측은 확신이 되어 장홍련의 마음을 무겁게 만들었다.

'못난 어미의 죄가 세상을 피로 물들여 버렸구나……'

장홍련의 주름진 눈가로 피처럼 뜨거운 눈물이 고였다.

하지만 장면의 가슴은 얼음처럼 차갑게 가라앉았다.

남들의 눈에는 장천과 똑같이 생긴 사내지만, 장면은 알고 있었다. 그는 장천과 똑같이 생긴 사내가 아니라 진짜 장천임을.

'천이가 자기 손으로 천도문을 쳤다고? 그것도 마황의 천마삼공을 가지고?'

장면을 더욱 당황케 하는 것은 장천이 천마삼공을 익혔다는 사실이었다. 믿을 수 없는 얘기고, 믿고 싶지 않지만 그것은 틀림없는 사실이었다.

장천이 이미 자신이 넘볼 수 없는 고수가 되어 있는 것이다. 게다가 자기 손으로 천도문을 칠 정도면 심성도 변했다는 얘기였다.

착하고 여리기만 하던 못난 장천이 독하고 강한 고수로 변모해 있는 것이다. 게다가 그의 뒤에는 천마교와 마황이 버티고 있다. 이제 무슨 수로 천도문을 차지한단 말인가.

그의 평생 염원이던 천도문이 신기루처럼 눈앞에서 사라져 버렸다.

'젠장!'

장면은 이를 악물었다.

가슴이 들썩일 정도로 크게 한숨을 내쉰 장홍련이 조용히 자리에서 일어섰다.

"천도문으로 가자."

"예?"

"뭐라구요?"

광동삼웅이 저마다 놀란 눈을 치켜뜨며 되물었다.

"정말로 천도문에 가시려는 겁니까?"

마교의 근거지가 되어 있는 천도문이다. 죽기를 각오하지 않고서는 감히 발붙일 수 없는 곳이다.

"자네들은 여기 있게."

장홍련은 광동삼웅을 향해 단호히 말하곤 장면에게 턱짓을 했다.

"네가 안내하거라."

"……!"

움직이기 전에 생각부터 하는 장면의 머리 속이 복잡했다. 그녀와의 동행이 자신에게 득이 될지, 해가 될지 쉽게 판단이 서지 않았다. 하지만 분명한 한 가지는 그녀와 함께가 아니라면 천도문에 돌아갈 기회가 없을지도 모른다는 사실이었다.

그보다 더 크게 다가오는 사실은 마황과 그녀의 관계였다.

장천이 마황의 천마삼공을 익혔다는 것은 마황이 그를 후계자로 받아들였다는 의미였다. 물론 장천을 현각으로 착각해서였겠지만.

그리고 장홍련은 현각이 자신의 손자일지도 모른다고 생각하고 있다.

그것은 곧 마황이 장홍련이 잃어버린 아들이라는 얘기 아닌가!

장면의 가슴이 세차게 요동쳤다.

이번 일이 단지 천도문의 주인을 결정짓는 수준에서 끝나지 않을 일임을 직감했기 때문이다.

"따라오시지요."

장면이 앞장서자 사예랑과 동악도 재빨리 따라나섰다. 광동삼웅도 구경만 할 수는 없었다. 어차피 이곳까지 따라온 걸음이다. 죽을 때 죽더라도 끝까지 의리를 지키는 것이 그들이 살아온 방식이었다.

그들은 기꺼이 일행에 합류했다.

장홍련을 천도문으로 안내하면서도 장면은 계속 다음 일을 생각하고 계산했다.

마황이 장천에게 천마삼공을 전수했다는 건 그를 아들로 생각했기 때문일 것이다. 그런데 그가 가짜라는 사실을 알게 된다면?

'호호호!'

아마도 마황이 직접 장천을 죽이려 할 것이다.

그리고 어차피 가짜인 현각은 굳이 생각할 필요도 없었다.

'역시 하늘은 스스로 돕는 자를 돕는군.'

장면은 아직 승부는 끝나지 않았다고 생각했다.

천도문의 거대하고 위용 찬 외관을 바라보는 장홍련은 벅차 오르는 가슴을 진정하기 어려웠다.

'이거였군요. 오라버님이 나 대신 선택한 삶의 증거가 이렇게 버티고 있군요.'

장홍련은 느낄 수 있었다.

장승풍이 천도문을 세우기 위해 얼마나 노력하고 얼마나 이를 악물고 살아왔을지.

그는 한순간도 뒤돌아보지 않고 죽을힘을 다해 여기까지 달려왔을 것이다. 거대한 천도문은 그의 야망과 인생이 고스란히 담겨 있었다.

한데 짓밟혀 버린 것이다.

장홍련은 이곳을 짓밟은 풍연의 마음 또한 이해할 수 있었다.

'모두 나의 부덕함이 빚어낸 비극인 것을……'

이 비극을 마감하는 것이 자신이 모진 목숨을 연명해 온 이유인 모양이다.

'내가 끝내주마.'

장홍련이 천도문을 향해 한 걸음, 한 걸음 걸어 들어갔다.

"누구냐?"

마교의 무사들이 일행의 앞을 가로막았다.

"너희들과 싸우러 온 것이 아니다."

"이곳에 온 목적이 무엇이든 결과는 너희들의 죽음뿐이다."

마교의 무사들이 병장기를 꺼내 들며 장홍련을 에워쌌다.

장홍련의 몸이 움직이는가 싶더니, 어느덧 그녀의 몸은 마교 무사들의 한가운데 있었다. 그녀의 손이 백색의 기운을 뿌리며 마교의 무사들을 휘저을 때마다 그들의 몸이 하나씩 허공으로 날아갔다. 그리고 넘어진 뒤에는 다시 일어나지 못하는 것이 어느새 혈도가 짚인 모양이었다.

장면조차 그녀의 귀신같은 수법에 감탄했다.

광기를 벗어버린 그녀는 위엄있고 침착한 여인이었으며, 또한 절정의 고수인 것이다.

하지만 천도문을 지키고 있던 마교의 무사들이 일제히 몰려나오자 장홍련에게만 맡겨둘 수는 없었다.

채챙!

장면도 그의 애검을 꺼내 들었고, 광동삼웅도 급급히 병장기를 꺼내
들었다.

문제는 사예랑과 동악이었다.

'괜히 왔잖아.'

동악은 벌써 사색이 된 채 사예랑의 손목만 꼭 잡고 있었다.

그때였다.

"모두 물러서거라!"

웅혼한 외침과 함께 청룡전의 높은 계단 위에서 한 인영이 나타났
다. 황금 면사로 얼굴을 가린 마황이었다. 그의 옆에는 장천이 서 있었
다.

"헉!"

"이럴 수가!"

소문으로만 들은 것과 눈으로 사실을 직접 확인하는 느낌은 달랐다.

사예랑과 동악은 그들대로, 장면은 또한 그대로 놀라움과 충격에 입
을 다물지 못했다. 하지만 가장 놀란 사람은 당연히 장홍련이었다.

멀리 황금 면사 사이로 보이는 그의 눈빛만으로도 그녀는 알 수 있
었다. 그가 자신의 아들 풍연임을. 그의 호흡으로도 느낄 수 있었고,
그의 목소리로도 느낄 수 있었다.

그는 틀림없는 자신의 아들이었다. 그토록 애타게 기다리고 또 기다
리던 자신의 아들, 풍연.

장홍련은 눈물도 흘릴 수 없었다. 눈물이 그의 얼굴을 가려 버리기
라도 할까 봐 그녀는 참고, 또 참으며 그를 향해 걸어갔다.

마교의 무사들도 더 이상은 그녀를 막지 않았다.

그녀는 청룡전으로 향하는 높은 계단을 올라가면서도 눈빛만큼은 마황에게서 잠시도 떼지 않았다.

마황은 담담히 그녀를 지켜보고 있지만 내심으론 걷잡을 수 없는 긴장과 슬픔을 억누르기 위해 이를 악물고 있는 중이었다.

'어머니! 이곳은 당신이 오실 곳이 아닙니다. 당신이 오시면 안 되는 곳입니다.'

벽리도를 떠나오던 날부터 오늘에 이르기까지 하루도 잊어본 적 없는 어머니다. 하지만 돌아갈 수 없었다. 아버지에 대한 증오만큼이나 어머니에 대한 원망도 크고 깊었다. 그리고 원망만큼이나 동정과 연민도 깊었다.

그래서 영영 돌아가지 않을 작정이었다.

그것은 원망스런 어머니에 대한 복수이며, 또한 가여운 어머니에 대한 자식의 도리였다.

어머니의 가슴엔 상처를 주겠지만 이런 모습을 보여주지 않으려는 것은 자식으로서의 배려이기도 했으니까.

한데 그녀가 찾아온 것이다.

"돌아가세요."

마황이 나직이 말했다.

더 이상 참지 못한 장홍련의 눈물이 비처럼 그녀의 얼굴을 따라 흘렀다.

"내 아들……."

마황은 다시 싸늘하게 말했다.

"돌아가세요."

장홍련이 비처럼 눈물을 쏟으며 머리를 저었다.

"어디로, 내가 어디로 가겠느냐? 이 모든 비극이 나의 죄에서 비롯됐으니, 내가 끝내야지."

"당신이 뭘요? 당신이 뭘 끝내겠다는 겁니까?"

분노와 슬픔에 찬 마황의 목소리도 살며시 떨렸다.

장천은 영문을 알 수 없어 마황과 장홍련을 번갈아 바라볼 뿐이었다.

"그분과 나는 이복남매였다."

"그만두세요!"

마황이 무섭게 외쳤다.

하지만 장홍련은 면사 너머로 보이는 그의 흔들리는 눈빛을 향해 담담히 말을 이어갔다.

"그래. 우리는 죄를 지었다. 사랑하지 말아야 할 사람들이 사랑했으니 용서받지 못할 죄를 지었다."

마황의 핏발 선 눈이 무섭게 이글거렸다.

"더 이상 한마디라도 얘기하면 그땐 내 손으로 당신을 죽이겠소!"

장홍련은 연연하지 않았다.

어차피 죽음을 각오하고 찾아온 걸음이다. 차라리 아들의 손에 죽어 그의 한을 조금이나마 풀어줄 수 있으면 그 또한 감사히 받아들일 것이다.

"그래서 내가 떠난 거였어. 그분이 날 버린 게 아니라 내가 그분을 떠난 거였다."

그랬다. 마황 사승비는 바로 장승풍과 장홍련의 사이에서 낳은 아이였던 것이다. 출생부터 세상 속으로 나오지 못할 비극을 안고 태어났던 풍연.

그리고 그의 존재를 잊기 위해 발버둥 치며 살아야 했던 장승풍과 그에 대한 그리움을 가슴에 묻은 채 평생 유령처럼 살아야 했던 장홍련.

모두가 불쌍하고 비극적인 사람들이었다.

하지만 그렇게 세상에 버려진 풍연의 비극에 비할까.

"……!"

말없이 장홍련을 노려보던 마황이 갑자기 웃음을 터뜨렸다.

"홋! 후후후후! 후후후후홋!"

마황은 더 이상 숨길 것도 없다는 듯이 얼굴을 가리고 있던 면사를 걷어냈다.

"헉!"

가장 놀란 사람은 장천이었다.

아버님의 젊은 시절을 보는 듯한 그의 얼굴에 자신도 모르게 경악성이 터진 것이다.

차라리 장승풍을 닮지 않았다면 그의 비극이 덜했을지도 모른다. 하지만 축복받지 못할 탄생인 그는 지독하게도 아버지를 빼닮아 버렸다.

"어머님은 모르십니다!"

사승비의 말에 장홍련이 애절하게 머리를 저었다.

"니 잘못이 아니야. 이 어미의 죄다. 오라버님의 죄도 아니야. 이 어미의 죄다. 모든 것이 나에게서 비롯됐어. 나의 부덕함이 너를 이런 나락으로……."

사승비가 그녀의 말을 가로막으로 말했다.

"그 사람이 날 버리고 외면했기 때문에 내가 이런다고 생각하십니까?"

"……."

사승비의 얼굴이 부르르 떨렸다.

평생 잊지 못할 그 치욕과 공포의 순간들이 떠오른 것이다.

그가 벽리도를 떠나올 때만 해도 그는 장승풍이 자신의 아버지인 것만 알았다. 자신의 아버지이며 또한 외숙부이기도 하다는 사실은 꿈에도 알지 못한 채 그를 찾아갔다.

그때 장승풍이 느낀 당혹감은 이루 말할 수 없는 것이었다.

천도문과 함께 섬서무림의 새로운 강자로 군림하고 있던 그에게 풍연의 등장은 청천벽력이나 다름없었다. 그가 평생을 투자해 일군 모든 것을 잃을 수도 있는 상황이었던 것이다. 더욱이 당시 그의 부인은 장천을 잉태하고 있던 때였다.

장승풍은 미래를 위해 과감히 과거를 버렸다.

풍연을 제거하려고 했던 것이다. 서슬 퍼런 장승풍의 살기를 피해 풍연이 도망칠 수 있었던 것은 그야말로 기적이었다.

부푼 꿈을 안고 찾아간 아비에게서 참혹한 출생의 비밀을 듣고, 거기다 죽을 만큼의 부상까지 얻은 채 풍연이 도망친 곳이 남양이었다.

그리고 죽기 직전의 그를 우연히 구해준 사람이 바로 현각의 어머니인 오절신녀 화서린이었던 것이다.

하지만 그 무슨 운명의 장난이었을까? 풍연의 눈에 보인 화서린의 얼굴이 장승풍의 부인과 너무나 흡사했던 것이다.

풍연이 긴 복수의 계획을 세운 것은 그 순간이었다.

장승풍을 빼닮은 자신과 그의 아내를 빼닮은 화서린 사이에 탄생한 자식이라면 혹시 장승풍의 자식과 비슷하지 않을까 하는 사악한 마음. 그 길고도 잔인한 복수의 시작은 그렇게 우연하게 시작되었다.

화서린을 뒤로하고 남양을 떠난 풍연은 그때부터 중원을 유랑하기 시작했다. 목적은 장승풍의 아내와 닮은 여인을 찾는 것이었다.

삼 년간의 유랑을 통해 그가 찾아낸 여인은 모두 일곱이었다. 젊고 준수한 용모의 그가 여인들을 유혹하는 것은 어렵지 않았다.

그렇게 미래를 위한 불씨를 심어놓은 채 그는 혈성곡으로 들어갔던 것이다. 혈성곡의 지옥 같은 시간들을 견뎌내고 천마교의 교주로 입지를 다지기까지 걸린 시간이 십육 년이었다.

그리고 자신의 불씨를 찾아내기 시작했다.

일곱 명의 여인이 낳은 아이 중 다섯이 아들이었고, 그중 장천과 빼닮은 아이들이 세 명이었다.

세 개의 그림자가 되어 혈성곡으로 불러들여진 아이들이 바로 그들이었다.

그중에서도 화서린과의 인연으로 탄생한 현각은 장천과 쌍둥이라 해도 좋을 정도로 닮아 있었다. 그리고 혈성곡에서 살아남은 아이도 역시 그였다. 역시 운명이란 인위적으로 조작한다고 만들어지는 것이 아닌 모양이다.

화서린과의 인연에 대해서만은 풍연도 진심이었다. 단지 그녀와의 인연에 머무르고 있기엔 가슴의 상처가 너무도 컸을 뿐.

그래서 남겨놓은 것이 어머니의 보물인 청옥소안불상이었던 것이다. 그 불상이 어떻게 한 대인의 손에 넘어갔는지는 모를 일이다. 하지만 운명의 장난은 그 불상을 사예랑의 손에 넘겨줬고, 오늘을 맞은 것이다.

오늘 이 순간 가장 놀라고 당황하는 사람은 당연히 장천이었다.

자신의 아버지에 얽힌 과거의 이야기도 자신과 현각의 탄생에 얽힌 비사도 모두 그에겐 충격이고 또 혼란이었다.

'결국 아버님의 죄를 내가 받는 것인가……?'

감당하기 힘든 운명의 소용돌이 속에 장천은 우두커니 서 있을 뿐이었다.

2

숭산 대결전으로 자신감에 충만한 현각은 흑영영과 함께 천도문의 어귀에 당도해 있었다.

"다시 한 번 말하지만 난 부인을 찾으러 가는 거야. 그러니까 나한테 기대하는 게 있다면 그냥 돌아가."

"나도 다시 한 번 말하지만 난 어머님의 명령으로 널 돕는 거야. 그러니까 너한테 뭔가 기대 같은 거 하고 있다는 착각은 하지 마."

한마디도 지지 않는 흑영영이다.

자신이 어떤 운명의 소용돌이 속에 휘말려 있는지도 모르는 채 현각은 오로지 백화린을 되찾겠다는 의지만으로 천도문의 문을 넘어섰다.

천도문은 기이한 정적과 침묵에 빠져 있었다. 그리고 현각을 보는 마교 무사들의 눈길도 뭔가 이상했다.

'왜들 이러지?'

머리를 갸웃하면서 현각은 오히려 의기양양하게 외쳤다.

"너희들의 대장은 어디 있냐?"

대답을 기다릴 필요도 없이 흑영영이 손을 뻗었다.

"저기!"

천도문 중심의 가장 높고 가장 화려한 전각인 청룡전의 높고 넓은 마당 위에 서 있는 인영이 보였다.

현각이 주먹을 불끈 쥔 채 청룡전을 향해 성큼성큼 걸어갔다.

하지만 청룡전의 높은 계단을 다 오르기도 전에 그는 멍하게 걸음을 멈췄다.

"너, 너 너희들은……?"

사예랑과 동악이 있는 것이다. 거기다 소리 소문 없이 사라졌던 장면도 함께 있었다.

놀라움은 거기서 그치지 않았다.

장천의 옆에서 자신을 쳐다보고 있는 차가운 눈빛이 그의 심장까지 싸늘하게 만들었다. 사내의 눈빛에서 풍겨지는 살기와 적의에 현각은 모골이 송연해질 정도의 서늘한 느낌을 받았다.

'대체 누구길래?'

그에게서 풍겨지는 강력한 기세는 정오 대사를 능가했다.

현각이 다소 당황하고 걱정스러운 눈길로 흑영영을 쳐다봤다. 자신의 짐작을 확인이라도 받듯.

흑영영 역시 싸늘하게 굳어 있었다.

그녀는 사내의 정체를 한눈에 알아본 것이다.

"마황 사승비……!"

"……!"

정오 대사는 그가 오지 않을 거라고 했다.

그래서 가벼운 마음으로 장천과 승부를 내려고 찾아온 걸음이다. 그런데 천도문을 지키고 있는 것은 마황이 아닌가.

장천 하나라면 흑영영과 충분히 제압할 수 있지만 마황은 달랐다.

정오 대사가 조용한 바람이라면 그는 거센 태풍이었다. 정오 대사가 잔잔한 바다라면 그는 요동치는 해일이었다.

마주하는 것만으로도 숨조차 멎을 것 같은 강렬한 기운에 현각의 가슴이 격렬하게 떨렸다. 싸우기도 전에 의지를 꺾어버릴 정도로 그의 기운은 강렬했다.

마황도 현각의 등장을 흥미롭게 지켜보고 있었다.

장홍련은 물론이고 사예랑과 동악은 놀란 입을 다물지 못했다. 장천과 현각은 그냥 닮은 사람들이 아니라 쌍둥이처럼 똑같이 생긴 사람들이었다.

그리고 놀랍도록 똑같은 현각의 외모는 복수에 대한 마황의 집념을 대변하는 것이기도 했다.

현각은 걷잡을 수 없을 정도로 가슴이 요동쳤다. 단지 마황에 대한 두려움 때문이라고 생각하기엔 뭔가 이상했다. 이해할 수 없는 뜨거운 기운이 가슴에 차오르고 있으니까.

필연적으로 끌릴 수밖에 없는 혈육의 정이 본능적으로 솟아오르고 있는 것이다. 유감스럽게도 본인이 그 실체를 알지 못할 뿐.

하지만 이미 얼음처럼 굳어 있는 마황의 느낌은 달랐다.

"과연 똑같군."

마치 동상이라도 보듯 그는 흥미로운 눈으로 현각을 지켜볼 뿐이었다.

현각은 애써 마황을 외면하며 장천에게 말했다.

"부인을 찾으러 왔다!"

장천이 무표정하게 그를 쳐다봤다. 부인에 대한 열등감이나 질투심은 마황과 그의 관계를 통해 느낀 충격에 비하면 아무것도 아니었다.

그가 겪어온 고통의 시간은 현각이 거쳤어야 할 시간이었다. 하지만 현각도 아무런 책임이 없기는 마찬가지였다.

이 모든 고통과 충격은 마황의 복수심이 부른 일이었다.

마황의 복수는 아직도 진행 중이었다. 그는 현각을 노려보며 장천에게 지시했다.

"네 손으로 끝내거라."

장천이 마황을 보며 싸늘하게 미소를 지었다.

'좋소. 내 손으로 당신 아들을 죽이는 게 당신에 대한 나와 천도문의 복수요.'

장천이 현각을 향해 천천히 다가갔다.

"안 돼! 그만두거라!"

장홍련이 다급히 외쳤다.

"여기서 끝내자. 그동안 흘린 사람들의 피만으로 충분하다. 이제 그만… 끝내자."

장홍련의 애원도 마황의 마음을 돌리진 못했다. 그녀의 애원에 흔들리기엔 너무 오랜 세월이 흘러버렸다.

장천이 다가오는 모습을 보며 현각은 흑영영을 향해 말했다.

"내가 져도 나서지 마. 대신 부인을 구해줘. 부탁이야."

"바보. 멍청이. 차라리 죽어버려!"

흑영영이 울먹이며 외쳤다.

오로지 그의 마음을 얻기 위해 여기까지 찾아온 걸음이다. 그러나 그의 마음은 죽음을 생각하면서도 백화린만을 찾고 있었다. 서운하고 야속한 마음에 차라리 죽으라고 외쳤지만 그녀는 마음으로 약속했다. 현각이 원하는 것은 뭐든 해줄 것이라고.

현각을 향해 다가간 장천이 양손을 교차하며 서서히 수라천마화공의 기수식을 취했다.

"안 돼!"

장홍련의 외침은 장천이 뿜어낸 수라천마화공의 거센 열기 앞에 묻히고 말았다.

돌이킬 수 없는 두 사람의 숙명적 대결이 시작된 것이다.

"돌아가겠어요."

백화린은 단호했다.

"사매!"

아무리 안타까운 마음으로 잡으려 해도 백화린은 요지부동이었다. 하나밖에 없는 팔로는 더 이상 그녀의 앞을 막을 수 없었다.

"지금 와서 네가 간다고 해서 바뀌는 것은 아무것도 없어!"

"그분이 조금은 덜 외롭겠죠."

"……"

목우령의 슬픈 눈빛에 백화린도 마음이 아팠다. 하지만 어쩔 수 없었다.

현각이 떠날 때 결심했다. 마음은 그에게 줬지만 목숨은 장천에게 주기로. 백화린은 그 다짐을 지키려는 것이다.

"나도 함께 가겠다."

백화린이 머리를 저었다.

"사형에게 너무 큰 짐을 줬어요. 제발 이제는 그 짐을 놓으세요."

"화린아!"

"그동안 사형에게서 받은 사랑만 해도 죽을 때까지 갚지 못할 빚이에요. 더 이상은 제게 아무것도 주지 마시고, 저를 위해 아무것도 하지 마세요. 제발……."

"……."

오로지 그녀만을 바라보고 살아온 인생이다. 하지만 이젠 그것도 끝인 모양이다. 백화린의 단호하고 쓸쓸한 눈빛은 너무나 간절하게 그에게 원하고 있었다. 이젠 그도 자신의 인생을 살아주기를.

그녀 없는 인생이 무슨 의미가 있을지는 모르겠으나 목우령은 조용히 머리를 끄덕였다. 그래야 그녀의 마음이 조금이라도 편해질 테니까.

깊게 허리를 숙여 목우령에게 마지막 인사를 한 백화린은 천천히 천도문을 향해 걸음을 돌렸다.

장천의 배려로 간신히 도망쳐 나온 그곳을 향해 다시 가려는 것이다.

목우령의 말대로 자신이 간다고 해서 달라질 것은 아무것도 없다.

하지만 자신의 존재가 장천에게 작은 위안이라도 된다면 그렇게 해줄 것이다. 백화린은 그의 지친 눈빛을 봤다. 목적과 의미를 상실한 듯한 그의 지치고 슬픈 눈빛에 작은 위로라도 돼줄 수 있다면 기꺼이 그렇게 할 것이다. 그것이 장천에 대해 그녀가 할 수 있는 마지막 도리고, 책임이었다.

천도문의 문을 넘어서던 백화린의 안색이 돌변했다.

천도문이 송두리째 흔들리는 듯한 강력한 기세의 충돌을 느낀 것이다.

"설마!"

백화린은 기세가 요동치는 곳을 향해 달려갔다. 그리고 제발 아니기를 바랐던 광경을 보고 말았다.

현각과 장천의 대결.

그 처절하고 잔인한 승부가 다시 펼쳐지고 있는 것이다.

장천은 수라천마화공에 이어 천풍신권과 천환십팔검까지 천마삼공의 위력을 유감없이 펼쳐 냈다.

수라천마화공은 지축도 녹일 듯 강렬하게 이글거렸고, 천풍신권은 청룡전 뒤편의 절벽도 무너뜨릴 듯 박력이 넘쳤다. 그리고 천환십팔검은 청룡전의 넓은 마당을 완전히 장악한 채 쉴 새 없이 현각을 몰아붙였다.

하지만 맞서는 현각도 만만치 않았다.

단 일 검에 자신의 도를 빼앗기고 부인의 손에 도움을 구하던 때의 현각이 아니었다. 무형공의 진정한 깨달음을 얻은 그는 장천의 공격에 당황함없이 의연하게 맞섰다.

'모든 힘은 자연에서 비롯된 것이니, 자연의 힘으로 막아내지 못할 것이 없다!'

장천의 거센 공격 앞에서도 현각은 무형공의 깨달음을 잊지 않았다.

만약 그가 예전처럼 초식으로 맞서려 했다면 감히 천마삼공에 대적하지 못했을 것이다. 오히려 일체의 초식을 벗어버렸기에 천마삼공의 위력 앞에서도 버틸 수 있었다.

그는 물인 듯, 바람인 듯 장천의 거센 공격을 피했다.

문제는 반격할 지점이 보이지 않는다는 것이었다. 쉴 새 없이 몰아치는 천마삼공은 조금의 빈틈도 허용하지 않았다.

현각이 다가오면 천풍신권으로 막았고, 현각이 멀어지면 수라천마화공이 펼쳐졌다. 게다가 잠자리 날개처럼 펄럭이는 천환십팔검까지 더해졌으니 틈이 없는 것이 당연했다.

현각의 강기는 장천에게 접근도 해보지 못한 채 번번이 그의 공격 앞에 사라졌다.

그를 이기려면 무형공의 마지막 한 수가 필요했다. 대자연의 힘을 몸으로 폭발시키는 것.

단지 그에게 쌓여 있는 내공만으로는 부족했다. 삼치거인처럼 주변의 힘까지 자신의 몸으로 폭발시킬 수 있어야 한다.

현각은 아직 그 경지에 이르지 못한 상태였다.

하지만 그는 정신을 집중하고, 마음을 비운 채 자연과 호흡했다. 장천의 거센 공격 앞에서도 그는 자연과의 일체감을 놓지 않았다.

그 순간에도 장천의 연검이 빛으로 화한 채 현각의 전신을 쉴 새 없이 핍박했다. 때론 검이기도 했고, 때론 도의 거센 힘이 실려 있기도 하고, 또 때론 채찍처럼 그의 몸을 휘감기도 했다.

종이처럼 가는 연검의 끝에서는 자색의 강기가 일 장이나 뻗어진 채 그 끝에 닿는 모든 것을 가루로 만들어 버렸다.

사예랑과 동악은 물론이고 광동삼웅조차 그들의 기세를 감당하지 못하고 계단 밑으로 몸을 피했다. 그리고 숨조차 쉬지 못하는 긴장감 속에 두 사람의 접전을 지켜봤다.

영원히 끝나지 않을 것 같은 두 사람의 팽팽한 접전을 깬 것은 백화린이었다.

느닷없는 그녀의 등장에 현각의 마음이 흔들린 것이다.

"어? 부인!"

장천은 그 짧은 틈을 놓치지 않았다. 장천의 연검이 살아 있는 뱀처럼 현각의 목을 향해 날아왔다.

그 순간이었다, 현각이 자신의 안에서 무엇인가 폭발하는 기운을 느낀 것은!

자신의 목을 향해 날아오는 그의 검을 본 순간, 드디어 그의 안에서 꿈틀거리기만 하던 기운이 폭발한 것이다. 삼치거인이 했던 것처럼.

거센 폭발이 일지도 않았고, 요란한 폭음이 넘치지도 않았다.

하지만 그 자리에 있는 사람들은 모두 느낄 수 있었다. 장천을 향해 뿜어진 뇌전처럼 강력한 현각의 힘을.

백화린이 두 사람의 사이로 달려든 것도 그 순간이었다.

"안 돼요―!"

제11장

그리고 두 사람은…….

1

"헉!"

현각이 화들짝 놀라며 기운을 거둬들이려 했다.

하지만 자연의 힘이란 것이 인간의 의지와 통제 밖에 있는 힘이 아닌가. 내리는 비를 멈추게 할 수 없듯, 흘러가는 구름을 잡을 수 없듯 그의 기운도 거둬들일 수 있는 것이 아니었다.

장천이 몸을 움직인 것은 그 순간이었다.

파파팍!

빛살보다 빠르게 튀어나온 그가 백화린의 몸을 감싸 안았다.

콰쾅!

현각의 기운이 폭발한 것은 그 다음이었다. 그의 기운은 장천의 전신을 찢어놓을 듯 강력하게 폭사했다.

장천은 피할 수 있었을지도 모른다. 하지만 그는 피하는 대신 백화린을 감싸 안은 것이다.

"……!"

현각이 멍하니 두 사람을 쳐다봤다.

그의 품에서 백화린을 구해내야 한다는 생각만으로 여기까지 왔다. 하지만 정작 백화린을 구하는 것은 자신이 아니라 장천인 것이다.

백화린을 안고 있던 팔에 힘을 풀며 장천이 털썩 주저앉았다.

"크윽!"

그의 입으론 검붉은 피가 한 움큼이나 쏟아졌다. 심각한 내상을 입은 것이다.

마황의 안색이 돌변했다.

"지금 뭐 하는 짓이냐?"

"훗. 후후후."

장천이 창백한 얼굴로 허탈하게 웃었다.

"원래 내 것이었던 걸 지키려는 것이오."

"……?"

마황은 그의 말속에 담긴 진실을 알 수 없어 잠시 그의 얼굴을 빤히 쳐다봤다. 그리곤 놀란 백화린의 얼굴과 절망하는 현각의 얼굴도 봤다.

문득 불안하고 불길한 기운이 그의 뇌리를 감돌았다.

"넌… 누구냐?"

"당신이 죽이고 싶어하던 사람. 당신이 죽였어야 하는 사람……. 그 사람의 아들이오."

"……!"

마황의 얼굴이 돌처럼 무겁게 굳어버렸다.

자신이 천마삼공을 전수해 준 사람이 장승풍의 아들이라니. 그를 죽이기 위해 익힌 무공을 그의 아들에게 전수해 준 것이다.

"네놈이 감히 날 속이고 있었다는 것이냐?"

"제가 속인 게 아니라 당신이 스스로 속은 것입니다."

"감히 네놈이……!"

마황의 손이 번뜩인다 싶은 순간, 그의 손에서 뻗어 나온 한줄기 강기가 이미 장천을 향해 폭사하고 있었다.

"안 된다!"

장홍련이 외쳤다. 하지만 그녀의 외침보다 더 빠른 것은 그녀의 움직임이었다. 그녀의 절규가 끝나기도 전에 그녀의 몸은 이미 장천을 막아서고 있었다.

파앗!

마황이 뻗어낸 강기가 장홍련의 가슴을 관통했다. 그녀의 등으로 분수처럼 피가 뿜어져 나왔다.

천하에 두려울 것도, 거칠 것도 없는 마황이지만 그 순간만큼은 그도 한 명의 사람이고, 또한 아들이었다.

"어머니!"

마황이 경악하며 장홍련의 몸을 부축했다. 그리곤 그녀의 출혈을 멈추려고 상처를 눌렀다. 장홍련이 조용히 마황의 손을 잡았다.

"내 잘못이다. 나의 잘못이 너를 이 지경으로 만들었다. 그를 사랑하지 말았어야 하고, 너에게 들키지 말았어야 한다."

말을 하는 동안에도 장홍련의 입으로는 꾸역꾸역 피가 넘어오고 있었다.

"아무 말씀 마세요. 지금은 아무런 말씀도 하지 마세요."

"연아, 돌아가거라. 네가 있어야 할 곳으로… 돌아가 부디… 평화를 찾거라……."

경련을 일으키듯 부르르 떨리는 그녀의 손이 애달픈 마음을 담은 채 마황의 얼굴을 쓰다듬었다. 얼마나 애타게 그리워하던 아들인가. 얼마나 목메이게 기다리던 아들인가.

"행복… 하구나……."

아들의 품 안에서 죽음을 맞을 수 있다는 것만으로도 장홍련은 행복했다.

그렇게 장홍련은 한 많은 인생을 조용히 마감했다.

"으악—!"

마황이 장홍련의 시체를 부둥켜 안은 채 절규했다.

떠나지 말았어야 한다. 어머니의 뜻대로 어머니의 품 안에서 한평생 평화롭게 한가로이 사는 것도 좋았을 것이다.

세상에 대한 호기심은 그를 지옥 같은 운명으로 끌어들였다.

아무것도 모르고 살았으면 좋았을 것을…….

오로지 복수에 대한 일념만으로 살아왔다. 하지만 정작 자신의 복수심에 화를 당한 사람은 세상에 하나뿐인 그의 어머니였다.

상실감과 허탈함에 빠진 그를 향해 현각이 처음으로 말을 건넸다.

"당신이… 제 아버지신가요?"

"……!"

마황이 눈을 들어 현각을 쳐다봤다.

현각이 다시 물었다.

"당신이 정말… 제 아버지신가요……?"

그를 보는 순간 느꼈던 기이한 떨림의 실체를 이제야 확실히 깨달았다. 현각은 난생처음 가족이라는 사람을 대하고 있다.

얼굴도 모르는 어머니, 이름도 모르던 아버지.

그는 그렇게 혼자 세상에 버려진 아이처럼 태어났고, 그렇게 살아왔다. 그런데 자신에게도 아버지가 있다니!

현각의 가슴이 뜨겁게 요동쳤다.

'아버지라……'

마황이 현각의 말을 조용히 음미했다. 한 번도 생각해 보지 않은 일이었다. 자신이 아버지라는 사실에 대해서.

그에게 자식은 그저 복수의 도구일 뿐이었다. 한데 그 자식이 자신에게 '아버지'라고 부르고 있는 것이다.

"당신이 내 아버지라면 조용히 돌아가세요. 나도 당신처럼 평생을 복수심에 불타며 살고 싶지 않으니까."

"……!"

현각의 한마디는 마황으로 하여금 처음으로 타인의 입장에서 자신을 들여다보게 만들었다. 자신이 아버지에게 버림받은 상처로 평생을 고통받았으면서 자신 역시 자식에게 그런 고통을 대물림하려 했던 것이다.

어머니를 잃은 뒤에야 자신의 어리석은 복수심을 깨닫다니.

마황이 말없이 장홍련의 시체를 안아 들었다. 그리곤 조용히 청룡전

의 계단을 내려갔다. 그의 쓸쓸한 뒷모습에 한 시대를 풍미한 절정고
수 마황의 거대함은 느껴지지 않았다.

오히려 힘없이 처진 어깨가 상처받은 인간의 아픈 모습만을 보여줄
뿐이었다.

마황은 장홍련의 시체를 향해 쓸쓸히 말했다.

"우리 벽리도로 돌아가요. 어머님과 저의 추억과 사랑이 있는 벽리
도로……."

2

사예랑의 토끼 같은 눈과 동악의 영악한 눈이 장천과 현각을 번갈아 보며 머리를 갸웃했다.

그들이 목숨까지 걸고 지켜준 사람이 현각이 아니라 장천이라니.

동악은 여전히 믿기 어렵다는 듯이 현각을 보며 조심스럽게 물었다.

"형님이 진짜 형님이유?"

"너네들이야말로 어떻게 여기에 있는 거냐?"

현각의 시원스런 한마디를 듣고서야 두 사람은 확신했다. 그가 진짜 현각임을.

"젠장! 등잔 밑이 어둡다더니……."

바로 지척에 있는 현각을 두고 두 사람은 그 먼 벽리도까지 그를 찾아갔던 것이다.

"형님 때문에 누님이나 나나 다 죽을 뻔했잖아!"

동악이 버럭 소리를 지르자 현각이 환하게 웃었다.

"하여간 질긴 인연이다. 여기까지 쫓아오다니."

사예랑은 아무 말도 못하고 닭똥 같은 눈물만 줄줄 흘렸다.

"어떻게 된 거야? 니가 왜 천도문에 있었어?"

두 사람에게도 이 상황은 황당하기 그지없었다. 아무리 배짱 하나로 살아온 현각이라지만 어떻게 감히 천도문의 소문주 행세를 할 생각을 했을까?

게다가 느닷없이 고수로 변해 있는 그의 모습은 또 어떻고?

하지만 그가 마황의 숨겨진 아들이었다니 이해할 수 있을 것도 같았다. 그의 무모한 용기와 배짱도 아버지에게 물려받은 그의 기질일 테니까.

현각을 만나면 하고 싶은 말이 너무나 많았는데, 막상 그를 보자 사예랑은 아무 말도 나오지 않았다.

오히려 현각의 반짝이는 눈 속에 담긴 사랑이 반갑기까지 했다. 그 사랑이 자신을 향한 것이 아님은 알지만 밉지 않았다.

현각이 여자를 사랑할 수 있다는 생각은 한 번도 해보지 않았던 사예랑이다. 그래서 자신 역시 그에게 사랑을 기대하지 않았었다. 그저 옆에 있어만 주고 싶었을 뿐.

한데 지금 그는 진짜 사랑에 빠져 있었다.

그 사랑이 현각이 갖지 못할 사랑이라 해도 사예랑은 그의 사랑을 진심으로 축복해 주고 싶었다.

'니 사랑을 축복해 주는 거, 그게 널 향한 내 사랑이야.'

사예랑은 끝내 자신의 감정은 자신의 마음 깊숙한 곳으로 밀어 넣었다. 어차피 현각은 이미 자신과 너무 다른 세계로 훨훨 날아가 있으니까.

"무사해서… 다행이다."

사예랑은 오랜만에 다시 만난 친구를 대하는 마음으로 말했다. 비록 눈에서는 눈물이 흐르고 있지만 그녀에게 현각은 더 이상 남자가 아니었다. 그저 친구일 뿐.

그리고 백화린을 바라보고 있는 현각을 조용히 지켜봤다.

백화린은 다친 장천을 꼭 안은 채 현각의 시선을 외면했다.

원래 있어야 할 자리로 돌아간 것인데 현각은 가슴에 구멍이라도 뚫린 듯 허전하고 외로웠다. 현각의 마음을 읽기라도 한 듯 흑영영이 그의 손을 꼭 잡았다.

"흑란곡으로 가자."

"……."

현각은 조용히 흑영영의 손을 놓았다. 그녀에게 갚아야 할 빚이 많지만 그것 때문에 자신의 진심을 속일 수는 없었다.

"미안해."

흑영영이 앙칼지게 현각을 노려봤다.

현각은 그녀의 시선을 피하지 않았다. 욕을 해도 들어줄 것이고, 주먹질을 해도 받아줄 것이다. 그녀가 분을 풀 수 있다면 뭐든 해줄 수 있다. 사랑을 주는 것 외에는.

하지만 의외로 흑영영은 담담하게 말했다.

"난 기다릴 수 있어. 언제든 쉴 곳이 필요하면 찾아와."

그리곤 살풋 미소를 지었다.

마음으론 울고 있지만 겉으로는 미소 짓고 있었다. 그것은 흑란곡의 소곡주로서 그녀가 지켜야 할 품위였고, 또한 그녀의 마지막 자존심이었다.

마지막 미소를 끝으로 그녀는 훌쩍 허공으로 날아올랐다. 떠나는 뒷모습을 보여주기 싫었던 듯 그녀는 마치 새처럼 하늘을 날아 그렇게 허공을 향해 사라졌다.

현각도 떠나려 했다.

자신이 남아 있는 것이 백화린의 마음을 더욱 무겁게 할 테니까. 하지만 돌아서려는 그를 향해 장천이 힘겹게 말했다.

"아직은… 가지 마. 너에게 갚아야 할 빚이 있어……."

둘에게는 아직도 끝나지 않은 승부가 남아 있었다.

다행히 장천의 내상은 심각하지 않았다.

백화린의 극진한 간호 속에 운기조식을 행한 장천은 일주일 만에 자리를 털고 일어났다. 그가 부상에서 회복된 것은 다행이지만, 그 후에 벌어질 일에 대한 긴장 때문에 천도문은 여전히 긴장감이 감돌았다.

자리를 털고 일어선 장천은 아무도 모르게 은밀히 현각을 찾아갔다.

텅 빈 다탁을 두고 마주 앉은 두 사람은 서로를 물끄러미 쳐다보기만 했다. 긴 침묵 속에서 두 사람 사이를 오가는 것은 애증이었다.

결코 외면할 수 없는 자신의 얼굴. 그러나 그 얼굴이 빚어낸 운명의 비극.

힘들고 괴로운 시간들을 지내왔지만 이제 서로에 대한 원망은 털었다. 누가 누구를 원망하고 미워하겠는가.

그들 역시 운명의 소용돌이에 휘말린 희생양들일 뿐인데.

오랜 침묵을 깨며 장천이 조용히 말을 시작했다.

"난 떠날 거네."

"당신이 왜? 떠날 사람은 난데……."

현각의 단순한 말에 장천이 자신도 모르게 피식 웃었다.

"난 이미 버렸네. 그리고 용서받지 못할 죄까지 지었고. 난 천도문에 남아 있을 자격도 없고, 천도문에 미련도 없네. 이젠 내 힘으로 뭔가를 이룩해 볼까 하네."

"나도 천도문에 욕심없어."

"그럼 천도문을 이어갈 후손을 낳을 때까지만 있어주게. 천도문을 위해서."

"……?"

현각은 장천의 말뜻을 이해하지 못해 눈만 끔뻑거렸다.

"천도문을 지킨 것은 자네였잖은가. 앞으로도 그렇게 지켜주시게. 천도문을 위해서."

"내가… 왜?"

장천이 현각의 눈을 쳐다보며 씁쓸히 말했다.

"부인이 좋아할 테니까."

"……!"

현각이 백화린을 위해 천도문에 돌아왔던 것처럼, 이제 장천은 그녀를 위해 천도문을 떠나려 하는 것이다.

"부인이 선택한 건 너였잖아."

"그건 사랑이 아니라 책임감이었네. 나와 혼인을 한 것도 그 책임감 때문이고, 날 떠나지 못하는 것도 그 망할 놈의 책임감 때문일세. 이젠 그 짐을 좀 벗겨주려 하네."

"그래서 나보고……."

현각의 말을 자르며 장천이 단호하게 말했다.

"그녀를 행복하게 해주게. 그녀를 행복하게 해줄 수 있는 사람은 자네밖에 없네."

"……!"

장천이 부상에서 회복되자마자 현각은 떠나겠다고 했다.

백화린은 보지 않을 작정이었다. 그의 떠나는 모습에 혹시라도 자신의 마음이 흔들릴까 봐. 그 마음의 흔들림을 혹시라도 장천이 보게 될까 봐.

영원한 이별일지도 모르지만 백화린은 외면했다.

그녀는 승천전의 후원에서 조용히 바람을 맞으며 서 있었다.

"부인."

장천이 그런 백화린을 찾아왔다. 백화린은 그를 쳐다볼 수 없었다. 자신의 속내를 들키기라도 할까 봐 그녀는 장천에게 등을 돌린 채 불안하게 서 있었다.

"작별 인사도 하지 않을 작정이오?"

"그분도 이해해 주실 거라 믿습니다."

"이해 못한다면 어쩌시겠소?"

따지듯 묻는 장천의 말에 백화린이 머리를 갸웃하며 뒤돌아봤다.

그녀의 뒤에서는 장천이 환히 웃는 얼굴로 그녀를 쳐다보고 있었다.

아니, 장천은 이렇게 환히 웃는 법을 모르는 사내였다.

"다, 당신은……?"

그렇다. 장천을 대신해 그녀 앞에 서 있는 사내는 현각이었다. 현각을 대신해 천도문을 떠난 사람은 장천이고.

"아주 간단하더군요. 이름만 바꾸면 되니까. 좀 귀찮긴 하지만 내가 장천이란 이름으로 살아주기로 했어요."

장난 같은 현각의 말에 백화린은 여전히 멍하기만 했다.

현각이 그런 백화린의 손을 꼭 잡았다.

"그자가 그러더군요. 천도문은 부인의 것이라고. 그러니 천도문을 위해서라도 부인을 행복하게 해달라고."

"……."

"부인을 행복하게 해줄 기회를 제게 주시겠소?"

현각의 구애에 백화린은 말없이 눈물만 흘렸다.

자신의 인생에 행복이란 말을 연결해서 생각해 본 적은 단 한 번도 없었다. 한데 현각이 묻고 있다.

자신의 인생을 행복하게 해줘도 되겠냐고.

무슨 대답이 필요하겠는가. 눈으론 눈물을 쏟으면서도 입으론 미소 짓고 있는 백화린의 얼굴이 이미 대답인 것을.

현각이 백화린을 꼭 안으며 말했다.

"앞으로 천도문엔 행복과 웃음만 가득할 거요. 그렇게 만들겠소. 반드시."

천도문엔 어느새 따뜻한 여름의 기운으로 가득 차 있었다. 두 사람의 따뜻한 마음처럼.

〈제5권 終〉